Veinte ejercicios narrativos y una canción

(antología)

José Balza

Veinte ejercicios narrativos y una canción

(antología)

Nueva york, 2013

Title: Veinte ejercicios narrativos y una canción
ISBN: 978-0-9844068-5-2
0-9844068-5-9
Design: © Ana Paola González - Jhon Aguasaco
Cover : Crisis de Estado - Vídeo instalación, Jhon Aguasaco (2012)©
Editor: Carlos Aguasaco
E-mail: carlos@artepoetica.com
Mail: 38-38 215 Place, Bayside, NY 11361, USA.

© Veinte ejercicios narrativos y una canción, 2013 José Balza
© Veinte ejercicios narrativos y una canción, 2013 for this edition Artepoetica Press

All rights reserved. No part of this publication may be reproduced, distributed, or transmitted in any form or by any means, including photocopying, recording, or other electronic or mechanical methods, without the prior written permission of the publisher, except in the case of brief quotations embodied in critical reviews and certain other noncommercial uses permitted by copyright law. For permission requests, write to the publisher, addressed "Attention: Permissions Coordinator," at the address: 38-38 215 Place, Bayside, NY 11361, USA

Todos los derechos reservados. Esta publicación no puede ser reproducida, ni en todo ni en parte, ni registrada en o transmitida por, un sistema de recuperación de información, en ninguna forma ni por ningún medio, sea mecánico, fotoquímico, electrónico, magnético, electroóptico, por fotocopia, o cualquier otro, sin el permiso previo por escrito de la editorial, excepto en casos de citación breve en reseñas críticas y otros usos no comerciales permitidos por la ley de derechos de autor. Para solicitar permiso, escríbale al editor a: 38-38 215 Place, Bayside, NY 11361, USA

A Denise Rabenou
In memoriam

Índice

Veinte ejercicios narrativos y una canción	11
La respuesta	19
La ciudad doble	21
Desde Jericó	25
El doble arte de morir	31
Final	37
Carta a Tlilt	39
Un Orinoco fantasma	45
Praeputium	51
Dilución	55
En silencio	61
La sonrisa en el puerto	63
Las (no) estaciones	67
La mujer porosa	83
Uno	89
Rembrandt	95
Chicle de menta	97
Sósima	101
La fiel ferocidad	105
La espiral, la pasión	115
Prisa	123
Sobre los ejercicios narrativos de Balza	125

Veinte ejercicios narrativos y una canción

José Balza, nacido en el Delta del Orinoco (1939), es uno de los más destacados escritores venezolanos, cuya obra literaria ha sido ampliamente reconocida por la crítica nacional e internacional por su honda significación y aporte al espacio de las letras venezolanas e hispanoamericanas en general.

Sus relatos han sido traducidos a más de cinco idiomas. Recibió el Premio Nacional de Literatura y el Doctorado Honoris Causa de la Universidad Central de Venezuela.

Al referirse a su quehacer literario el poeta y crítico venezolano Juan Liscano comentó hace algunos años... *"Su labor literaria es inmensa: como el árbol se diversifica en enramadas: cuentos, novelas, ensayos, críticas, prólogos, investigación literaria, crónicas. Su presencia cruzó nuestras fronteras y debe ser entendida como global y no parcial. Balza baña nuestra literatura cual incesante oleaje"*.[1]

La narrativa de Balza forma parte del grupo de obras literarias cuyas propuestas logran inquietar el espíritu del hombre de cualquier momento. Sus temas provienen de la literatura de siempre, pero en el espacio de su mundo de ficción se presentan renovados de manera singular y poética. El amor, la muerte, lo erótico, la sexualidad, la pasión creadora, el fluir del recuerdo, la apreciación del paisaje, entre otros, son el punto de partida de un discurso que gira alrededor del cuestionamiento de la realidad del mundo y de la vida del hombre.

Una de las cualidades más resaltantes de la prosa narrativa de José Balza es su ya reconocida maestría estilística. El discurso es la apertura

---

1. Juan Liscano, "Semblanza de José Balza", en *Memoria y Palabra del Delta*, Cátedra de Poética «Fray Luis de León» Universidad Pontificia de Salamanca, Alfredo Ortega Carmona -Alfredo Pérez Alencart (Editores) Salamanca, 1996, p.51.

de un espacio de escritura en el que resplandece un lenguaje poético, acabado y puntual, que asociamos con la imagen del cuerpo del bailarín que ha llegado a alcanzar la exactitud, perfección y belleza necesarias para lograr expresar, en la magia de su danza, los sentimientos y emociones, tan variados como profundos, que cobija el alma humana.

Podríamos decir que en la narrativa de Balza, a partir del abrazo prolongado entre el contenido y la forma surge un fascinante mundo de ficción, poblado de personajes que se entregan al cuestionamiento de sí mismos y de la realidad que les atañe movidos por el profundo deseo de lograr una vida auténtica que, en última instancia, les permita llegar a ser. En este sentido, el cuestionamiento incluye tanto los hechos o acciones cotidianas o imperceptibles que realizamos en nuestras vidas, como aquellos sucesos inesperados o insólitos que pueden llegar a desviar el camino trazado. En otras palabras, el mundo literario de Balza se presenta como espacio de cuestionamiento, de preguntas sin respuestas sobre la realidad del mundo y la realidad del hombre.

Entre los diversos y múltiples acercamientos de la crítica a la propuesta literaria de Balza, destacamos el aporte de Carlos Noguera, quien con agudeza y erudición nos conduce hacia una posible, pero acertada interpretación de uno de los aspectos esenciales del mundo narrativo de Balza, es decir, el cuestionamiento como el hilo que conduce al discurso.

Para Noguera, *"Con Platón...podríamos converger en la búsqueda del conocimiento como desiderátum; con Shakespeare, en el lamento desolador que lo proyecta: «me mata el pensamiento de no ser pensamiento». La ilación externa de los acontecimientos sigue apoyando la historia, pero es transustanciada en el plano textual para devenir metáfora interna...*

Así, si Borges ha descubierto el valor estético de las ideas filosóficas «por lo que encierran de singular y maravilloso» erigiendo una metáfora fundamentada en la epistemología, con Balza asistimos a una epistemología (personal) fundamentada en la metáfora: el silogismo estético cuyo propósito es dar con nuestro propio blanco, no con el blanco del mundo; aunque, en este plano, el uno puede conducir hacia al otro".[2]

Podríamos decir, que este cuestionamiento que atraviesa el discurso corresponde a la concepción de la novela moderna de principios del siglo

---

2. Carlos Noguera, "Ejercicios narrativos: La síntesis de Proteo" en *Memoria y Palabra del Delta*, p. 23.

XX, en lo que concierne a la búsqueda de respuestas al problema que se plantea la conciencia de cómo resolver la cuestión de nuestro propio desconocimiento, el cual, sin embargo, se lleva en el discurso a través de personajes que nunca llegan a dudar de su propia realidad, y cuyas acciones y vidas pueden ejercer en el lector una atracción más intensa de la que puedan suscitar personajes de la vida real.

Por otra parte, dentro del espacio de la narrativa venezolana, el mundo de ficción de José Balza se entronca con las propuestas de cambio de la narrativa tradicional a la narrativa moderna que se inicia con los cuentos de Julio Garmendia y que Guillermo Meneses establece de manera definitiva con su extraordinario cuento "La mano junto al muro" (1952) y su novela, *El falso cuaderno de Narciso Espejo* (1954).

Para Balza, *"todo creador propone únicamente una palabra en su obra a pesar de los diversos libros que escriba, los libros dan el sentido exacto a esa palabra.*[3]

Encontrar el sentido a esa palabra es también el camino que sigue el lector en este discurso que apunta al deseo del hombre de encontrar respuestas al misterio que rodea al mundo y a su propia realidad.

En esta nueva colección de cuentos: *Veinte ejercicios narrativos y una canción* se presentan temas recurrentes en su mundo de ficción, entre otros, el erotismo, la sexualidad, la pasión creadora, llevados en el discurso a través del cuestionamiento de la realidad particular en la que se presentan.

Nos detenemos así en el relato "Sósima" cuyo discurso se organiza alrededor del tema de la búsqueda de sentido a la realidad de nuestras vidas, cuestionamiento que quizás se hace más urgente al acercarnos a la vejez.

La historia se organiza por medio de contrastes. El físico de la mujer: *"Es pequeña, de piel algo oscura, bizca, desproporcionada, fea en un grado extraordinario"* contrasta con el físico del *"adolescente de ojos claros y piel radiante"* y con la intensidad del vínculo que los une. Si para la mujer el adolescente debió convertirse *"en un centro hipnótico de sensualidad, de alegría, de inocencia y de enigmáticas conductas"*, para el adolescente, *"aquella mujer era como un juguete más"*...

En el mundo de ficción de José Balza, Sósima representa un verdadero

---

3. Jose Balza: *Los Cuerpos del sueño*, Caracas, Universidad Central de Venezueala, Ediciones de la Biblioteca, 1996, p.13.

contraste con las figuras femeninas de sus relatos, quienes en su mayoría se describen como bellas, sensuales, inteligentes. No obstante, en Sósima se mantiene un rasgo común en estos personajes: la confianza en sí mismas para dirigir sus vidas, cualquiera sea el objetivo y naturaleza de lo que se proponen.

En este cuento la pasión sin límites de la mujer es lo que mantiene en el discurso el hilo conductor del relato, lo que define la vida de la mujer y lo que, en última instancia, lleva al narrador al cuestionamiento del sentido de su propia vida, mientras recuerda el eco lejano de sus palabras durante el encuentro final... *"un tejido de cosas simples, de cosas insignificantes. ... el encanto de su eco me impelía a aceptar o creer que toda una vida pasada había sido tan diferente: ¿sensatamente inútil como aquellas palabras?"*

Al mismo tiempo esta despedida propicia la participación del lector en su deseo de encontrar respuestas a la pregunta del narrador: *"Y entonces ella se despidió ¿Pude reconocer una sensación de gratitud, de suave desprendimiento nunca antes conocido?"* Este deseo que une al lector con lo narrado confirma la vigencia de una ficción cuya escritura logra actualizar al lenguaje hasta convertirlo en cuento que nos recuerda la magia de esas *"historias maravillosas, de las historias jamás oídas"*, de las que ha hablado Guillermo Meneses.

En esta nueva colección de "ejercicios narrativos" la pasión creadora, la relación arte-vida ocupan un lugar prominente en el espacio de escritura. Vemos así, en el cuento "Rembrandt" donde el cuadro pareciera recoger las emociones y sentimientos de los personajes: reemplazar lo indecible, sustituir la tristeza de la despedida final;

"...va hacia ella y la acaricia. Desgarrado comprende que sus manos recorren las antiguas líneas del cuadro pintado por él. Saskia está sobre la alfombra, en la oscuridad".

En "La fiel ferocidad" las diferentes etapas de la vida del personaje que se describen sirven de punto de partida para iniciar un discurso sobre la indiscutible realidad de que el artista no tiene ningún control o poder sobre el destino de la obra realizada: *"...que el artista no pertenece a una hermandad estética, que está siempre en el abismo entre su orgullo y su soledad; seguro de que su labor complace o perturba a algunos otros seres humanos, a una sociedad entera, pero que él no debe cuidar ni vigilar esos vínculos. ...y que realizada ésta, él debe anularse en el silencio, desaparecer, para que ella brote con su valor y su riqueza, con su independencia total. O para que se borre en el fracaso o lo intrascendente".*

En el cuento "Dilución" el discurso gira alrededor de la aceptada visión del arte como medio para inducir el pensamiento del hombre hacia una comprensión más sutil, amplia y, en cierto modo, más verdadera del mundo y de la realidad particular que nos atañe.

El relato presenta como fondo un escenario de realidades políticas y sociales que pudieran ser representativas de las realidades comunes a los países latinoamericanos en general.

El tiempo de la historia abarca dos momentos significativos de la vida del narrador: el momento de la juventud del personaje, de la creación del cuadro que lo introduce a la fama y al reconocimiento general del público y la crítica, y un segundo momento que corresponde al final de la juventud del personaje, en el que el artista cuestiona la significación y las razones que llevaron a la aceptación general del cuadro en el momento de su aparición, así como también el significado de la continuada admiración del público en el presente y de lo que podría significar en el futuro:

"Está solo con su creación. Ella podría decir mil cosas a otras personas. Piensa destruirla en un momento. Pero cambia de parecer; su arte había contribuido de algún modo a construir la ciudad. O a reflejarla. O a adivinarla. Aún, puede ser un testimonio, una advertencia".

El discurso del cuento "Dilución" podría verse como metáfora de los planteamientos críticos que ofrece Balza en sus libros de ensayos, en lo que concierne a la búsqueda de respuestas sobre la realidad venezolana y latinoamericana en general, para lo cual se apoya, aunque sin descartarla, más que en la visión recogida por nuestros historiadores, en el lenguaje a su vez, múltiple, abierto, incisivo y enriquecedor, que se despliega en las diferentes manifestaciones del arte.

Nos referimos en esta ocasión al espléndido libro: *Pensar a Venezuela*[4] cuyo discurso nos ofrece la rara oportunidad de reflexionar acerca de las formas posibles con las que se podría impulsar el esfuerzo personal y colectivo para mejorar nuestra confusa interpretación de lo que somos, lo que nos induce a pensar que este libro debería formar parte de las lecturas obligatorias de nuestros dirigentes y de los que aspiren a serlo en el futuro.

En *Pensar a Venezuela*, Balza cuestiona la manera en que se ha constituido el rostro equívoco con el que hemos llegado a definirnos, en base a una visión unilateral que lo lleva a preguntarse si: *"Tal vez en la escritura de los historiadores se encuentre mucho de la culpa para esto; al haber convertido ellos su obra, hasta hace poco, en reflejo exclusivo del mandatario, han debilitado la contraparte nacional".*

En este sentido Balza propone: *"...hurgar en lo que tal careta impositiva*

---

4. *Pensar a Venezuela*, Bid&co Editor, Caracas, Venezuela, p.8.

no permite ver. Por ejemplo, en la corriente dianoética que atraviesa a la región desde sus orígenes: en su capacidad para practicar la ciencia, el arte, la sabiduría, la inteligencia. En suma en su creación intelectiva. Otra Venezuela surge entonces, porque en esta visión no se desecha ni la historia ni el mal político, pero los acepta como un elemento más de nuestra realidad toda la cual puede ser comprendida desde el pensamiento, desde la creatividad personal o colectiva. Sin omitir la percepción crítica".

Esta propuesta confirma la opinión del escritor y crítico Wilfrido H. Corral, sobre el pensamiento crítico de Balza, expresada en su libro, sobre crítica latinoamericana actual: *El error del acierto*[5]:

"Elegantemente Balza alude al giro (concepto de Rorty) que sigue tomando nuestra narrativa en el siglo veintiuno. Es una estrategia saludable y ante tanta atención "al otro" un placer leer a un artista de larga trayectoria y permanente juventud que dialoga con el otro crítico el que no piensa como él o como nosotros. Eso es lo que sigue faltando en la crítica latinoamericana actual. Como no me canso de decir en otras partes de este libro, y el adelantado Balza recupera la discusión abierta política en el verdadero sentido de la palabra y sobre todo la practica. La generosidad y clarividencia para presentar lo nuevo o recuperar lo olvidado en lo viejo (léase Torri y Garmendia: "Los dioses pre-borgianos"), como hace Monsivais, y sobre todo la perspicaz manera de evaluar lo perdurable, hacen de Balza y de su obra, mucho más que la proverbial lectura obligatoria".

Otro tema recurrente en la narrativa de Balza es el tema de la muerte, que en esta colección se presenta en el cuento "El doble arte de morir" y adquiere una nueva dimensión en su discusión sobre la eutanasia como parte de la historia que desarrolla el discurso.

Por último podríamos decir que en el espacio narrativo de estos cuentos todos los hilos se urden en la trama que organiza el tapiz de la condición humana, iniciando un cuestionamiento sobre cómo llegar a comprender las diversas dimensiones del amor, del erotismo y la sexualidad, y cómo intervienen estos elementos universales en el espacio único, individual de la vida humana. Vemos así en una historia como: "La espiral, la pasión" que los amantes logran alcanzar el entendimiento total del alma y el cuerpo, más allá de las diferencias que puedan existir entre sus vidas o entre la realidad exterior que los circunda: *"...Eran como un mismo huracán aprisionado. Ella tembló por un instante, luego se aquietó en sus brazos y el beso recomenzó, ahora infinito".*

---

5. Wilfrido H. Corral, *El error del acierto*, Paradiso Editores, Quito, Ecuador, p. 165.

En el relato "Las (no) estaciones" se desarrolla un tema pocas veces discutido en la narrativa venezolana: la bisexualidad en el personaje femenino, que se maneja en el relato como una búsqueda del equilibrio, de armonía y felicidad en el amor, sin diferenciar el lugar de donde proviene: *"Tal vez, tal vez las estaciones -como el verano y las lluvias- sí existieron, se dice ahora: durante los años que amaba un hombre ni siquiera imaginaba que otra mujer pudiera acercarse eróticamente. Y a la inversa. Había sido rígida, ¿no? Quizá porque asumía la relación como algo absoluto o porque su cuerpo (¿su cuerpo?) olvidaba lo demás, lo volvía inconcebible. O porque el amor sólo necesita a dos"*.

La sexualidad asimismo puede presentarse en forma de reto al lenguaje; a lo racional, a fin de intentar expresar el supremo poder que logra alcanzar la sexualidad sobre la realidad íntima, recóndita de la vida individual del personaje, tal como se expresa en el relato "Praeputium".

Pero, dentro de este espacio de pasiones fulminantes, de erotismo y sexualidad que se despliega en los discursos, puede asimismo escucharse el arrullo de una "canción de amor", como en el inefable relato breve "La respuesta", en el que el personaje reconoce que *"...más allá del orgiástico encuentro entre nuestros cuerpos, están esas citas especiales cuando, sin habernos visto durante semanas, me llama por teléfono para preguntar:*

-Como ya no recuerdo, ¿puedes decirme qué soñé anoche?"

En definitiva, los cuentos recogidos en este espacio de ficción nos introducen nuevamente a un mundo inagotable de esplendor, de magia y fabulación que define el espacio narrativo de José Balza.

Lyda Zacklin
Noviembre 13 de 2012.

La respuesta

No puedo negarlo: la relación más extraordinaria que he tenido con alguna mujer es esa que se sostiene entre Carolina y yo, todavía. Aunque vivamos separados. Más allá de lo relativo a la vida práctica o de las horas para callar, juntos; más allá del orgiástico encuentro entre nuestros cuerpos, están esas citas especiales: cuando, sin habernos visto durante semanas, me llama por teléfono para preguntar:

—Como ya no lo recuerdo, ¿puedes decirme qué soñé anoche?

Abril, 2004.

La ciudad doble

1

La oficina de cristal es tan alta que él puede contemplar, desde cualquier ángulo, toda la ciudad. Al este la montaña y enfrente el encuentro de los dos grandes ríos bajo el puente, uno con su melena de topacio y el otro de corriente azulada. Pero el vasto círculo de los ventanales no deja escapar la agitación de calles, autopistas, torres y casas, con lo cual el movimiento externo, aunque disminuido, adquiere mutaciones incesantes.

Aunque lo deseó mucho, nunca creyó que le sería asignada tan pronto esta sala magnífica. Estaba en su futuro, lo supo siempre; pero cuando hace un año se produjo el acuerdo –o la orden– desde el Centro, su alegría fue indetenible y formó parte como de una real sorpresa.

Ni siquiera prestó atención al brillo codicioso de los otros gerentes; también ellos debieron creer que serían elegidos –y lo merecían casi todos– pero nadie podía dudar de su preparación y su capacidad. Está en la plenitud de los cuarenta años y hace veinticinco que pertenece a la empresa, toda una vida de servicio impecable. Tenía que ser así.

Alguna vez pudo preguntarse por qué ocurría con él. Al final de la adolescencia, ya entrenado aquí, creyó que a sus jefes los movía su condición social para favorecerlo. Y en algún momento dudó de sí mismo. Pero cuando asumió las responsabilidades, el aprendizaje de idiomas y la estancia en remotos países, no hubo más vacilaciones. Él era perfecto para este mundo, lo comprendió, lo practicó. Y aquí está: no en la cumbre del poder, como creyó hace un año, pero si en medio de lo más sofisticado y selecto del personal. En la cadena internacional de sus compañeros y sus jefes siempre habría alguien con mayor responsabilidad o conocimientos: y él siempre de nuevo estaría a punto de ascender.

Hoy ha traído a la oficina un maletín, ropa fresca, viajará durante dos horas y regresará al anochecer. La mañana es espléndida, la ciudad, desde lo alto, parece temblar dentro de un sol líquido. Siente el ruido de la nave; desde el local más próximo entran su secretaria y otro ejecutivo. A través de los ventanales y la gran puerta automática, la alta e inmensa terraza lo espera. Allí abordará. Su ánimo es triste, pero menos que ayer cuando recibió la noticia: como él mismo los entrenó y les aprovisionó de minúsculos teléfonos, pudo hablar entonces con sus tres hermanos. Aunque pertenece a la ciudad, nunca se desprendió de ellos y este viaje tan súbito y breve en el fondo guarda correspondencia con tantos otros que le permitieron huir hacia su casa, desaparecer en la serenidad de su familia y de la soledad, volver a ser el que fue.

2

El suave vértigo del vuelo deja atrás la ciudad. Con cuánta emoción vino a ella y con cuánto afecto la reencuentra después de sus estancias en otros países o al regresar desde su antigua casa. Alguna vez ha estado a punto de pensar cómo pudo ocurrirle la transformación de su vida, pero no se lo aclara: en el fondo hay una rara continuidad que lo complace. Esta vez hay un agudo, desconocido sentimiento de pérdida, de melancolía y sin embargo dentro de sí algo se impone y lo acostumbra a esa ausencia, como ya ocurrió con los abuelos –cosa que no recuerda bien– y con su padre y otros hermanos.

Por eso mientras vuela y escucha los comentarios, discretos, del piloto, una cálida remembranza lo lleva a las imágenes familiares, al pasado lejano, pero también a lo que ocurrirá cuando llegue. Desde este mundo de su oficina y de su vida actual quizá aquellos años o sus momentos de hoy podrían percibirse como algo irregular, tal vez cruel o insano. Pero nada de lo que antes ocurrió ni de cuanto lo espera está fuera de su ser: lo constituye, lo completa, casi como un aura soñada o una nube próxima. Su vida ha cambiado igual que las formas incesantes de las hermosas y espesas nubes dentro de las cuales pasa, pero él sabe que éstas son siempre iguales, una energía duradera.

Conversa con el piloto, quien menciona algún licor o le ofrece café; pero a la vez él, que de niño vivía tanto en el cerrado circuito de su tribu como escapando hacia poblados de las orillas de las lagunas –y por eso encontró a gente de alguna empresa que invitaba a familias para que les permitieran educar a sus hijos en algunos de esos pueblos; por eso alguien captó su facilidad para hablar español y para otras cosas: y allí se originó lo que es su vida en la gran ciudad–, él deja que su imaginación o el breve sueño que lo somete por un instante lo arrastre a sabores perdidos: al del pitraque, al del cristal de guayabas, al de la bola de plátano.

El pitraque: había que sembrar un tipo de maíz muy especial: de granos blancos con puntitos violáceos. Recogerlo al final del verano, ponerlo en el sereno de las noches y finalmente molerlo con piedras. Para esa harina se traería el agua más pura; se haría un fuego intenso y luego delicado: el resultado es esa bebida nutriente, simple y casi salada y con sabor a luna o a nube, que se deshace sobre la lengua como arena.

Las guayabas maduras, en cambio, se recogen en cualquier momento. Hay que hervirlas mucho y sólo elegir el líquido; el mismo, con fuego incesante va a adquirir espesor, tonos de rubí y un sabor rojo. Ya gelatinoso es el postre, cristal ideal.

Para el plato fuerte, en su casa, el pescado preside todo, con su infinita variedad. Pero carece de perfección sino se acompaña con bola de plátano: un racimo de éste debe estar verde, ser hervido hasta que ablande y luego macerado entre maderas o piedras hasta que se reúna en una masa suave: el pan de los dioses.

3

La nave flota en una orilla del inmenso lago y allí permanecerá; el piloto trae comida y prefiere dormir dentro del vehículo, esperar. Antes de acuatizar ya él ha cambiado su traje de oficina por un short y una franela. Está descalzo. Sus hermanos acaban de recogerlo en una pequeña canoa. Mientras descendían, las nubes y los bosques tramaban un tejido protector. La selva acoge pequeñísimas viviendas y el verdor alucina.

Su madre murió hace cuarenta y ocho horas. Entonces fue envuelta, por las mujeres y por sus propios familiares, primero con las grandes hojas de plátano, secas, que formaron un sudario sepia y de timbre oscuro; después por los vecinos con las hojas más frescas, de esmeralda tierna. Algunas lianas rojizas y fuertes la cercaron. Y sólo entonces fue colocado su cuerpo –como el de todos los muertos de cada familia, cuando llega la hora final– en la esterilla de cañas pálidas, sobre los cuatro fuertes troncos que resistirán el calor.

Bajo el aéreo féretro, madera seca. Y el más anciano, al atardecer, al borde mismo de las aguas, ya movidas por el viento las crestas del lago, vino a encender el fuego y a mantenerlo durante dos días y sus noches, mientras los demás se retiraban.

Y esto es lo que él ve, entre sus lágrimas silenciosas: el pequeño altar humeante a orillas del agua, la envoltura apenas llameante, cuya ceniza cae al suelo dulcemente. Sólo una línea oscura suspendida por los bejucos.

Él y sus hermanos saltan desde la curiara. El sol aún resplandece moviendo la fronda. Su llegada convoca el regreso de todos. Vienen los viejos y los niños, la población ya no es grande. En silencio, como ha sido durante milenios. Y entonces las mujeres traen las cestas donde el plátano verde ha sido cocido y macerado. Y esperan que él se incline, estremecido, tome un poco de la masa verdosa y suave y la impregne con las cenizas puras que han caído.

A sus espaldas las aguas, sobre ellos el monte inmemorial. En sus bocas el cuerpo que todos consumen con lentitud hasta que desaparezca la ardiente ceniza.

Caracas, 20-21 de noviembre, 2011.

Desde Jericó

a Salvador Garmendia

Lo primero que veo, despierto y dormido, son las extrañas formas del desierto. Judea y el aire asfixiante. La carretera se convierte en un hilo oscuro o casi blanco a través de las rocas: porque en este desierto la arena es piedra pura, colinas arqueadas, que se entreabren para mostrar otras lomas, también doradas y remotas. No hay un mundo de arena horizontal sino pequeñas montañas vacías, que se apartan con fiera calidez al paso del bus. Un arbusto que es raíz seca; las agrietadas tiendas de unos beduinos: nada más. El sol cortante y cielos casi insípidos.

El bus se detuvo; nos invadieron vendedores de mil cosas. En el destartalado barcito pedí con ansiedad una Maccabee y el gusto de la cerveza reconfortó. Con cautela me separé del grupo. A mi izquierda, excavaciones, ¿tal vez la casa de Rahab? Di algunos pasos hacia allá, seguro no sólo de que el Comité me vigilaba sino de que tampoco nos permitirían un breve recorrido artístico (¿o arqueológico?) por la zona. Volví al techo del bar, con la helada impresión de la cerveza en la mano. Husmeé a mi derecha: un restaurante más sofisticado, con fuertes olores a carne de oveja. Frente a mí la calle se pierde entre secos hierbazajes, palmeras y algunas leandras florecidas; y enseguida se bifurca en callejuelas. Siento la personalidad del lugar. El viento quema y excita.

Podría quedarme toda la vida en Jericó. Dentro de mi imaginación respondo a la imprecación del profeta: ¡yo reconstruiré Jericó, aun en la distancia, en mí!

Veníamos del norte, sintiendo zigzaguear las lejanas orillas del Jordan; y el Comité oficial quiso ofrecernos un refresco en el poblado. Volví a ver los datileros, la gente de piel tostada y ojos brillantes; hasta un camello. Sí, algo de mi corazón se quedaría en Jericó.

Continuamos el viaje, ése fue el último punto de verdor. El bus se adentra en las dunas, en las rocas. Pertenecemos al desierto. Un ojo cinematográfico se apodera de mí: percibo en los arenales y el polvo blanco de las rocas los trazos de Anna Ticho. Y de pronto soy infiel a mi reciente amor por Jericó: jamás había conocido un paisaje tan duro y noble como esta parte del desierto. Aquí me quedaré.

Lo primero que veo, también durante la tercera noche, son las grupas del desierto; pero sé que ahora estoy en Jerusalem. Como si mis ojos midieran simultáneamente ambos lados, el desierto se abre, se agranda, absorbe: un poder amenazador y convincente, se apoya sobre mí. Desde diez días antes esperaba tal encuentro, sin poder calcular cómo sería. Hace diez días nosotros, los tres miembros de UDILF, aterrizamos en la madrugada de Tel-Aviv, y allí permanecimos con el Comité local. Veníamos a escuchar puntos de vista, a servir de intermediarios. Una palabra recorrió esas largas sesiones, cambiante y tersa, dolorosa, única: paz; y al moverse entre nosotros, de un idioma a otro, juzgada en un sentido variable, ella misma se convertía peligrosamente en la otra: guerra. Creo que los resultados fueron positivos: regresaremos con un mensaje de aliento y, posiblemente, dejando un circuito de mejor comprensión acá. Durante diez días un universo de cristal nos envolvió y a cada instante parecía que los vidrios mismos –nuestras palabras– nos destrozarían.

Más optimistas iniciamos el recorrido desde Tel-Aviv. El Comité local juzgó que merecíamos un breve descanso después de las sesiones. Ya que los documentos últimos se firmarían en Jerusalem, nada mejor que un recorrido por el país.

Podría detenerme, alucinado, en el paisaje y en el carácter de cada región. Un fastuoso tapiz de imágenes fue devorado por nosotros al comer, al visitar las pequeñas ciudades. Pasamos noches en modernos hoteles y fuimos saludados en improvisadas recepciones, durante el trayecto. En el fondo, una palpitación política nos cercaba siempre.

Pero fue en Jericó donde comencé a dejar de ser yo. Los estrictos cánones diplomáticos; las normas de UDILF, mi postura oficial se borraban para que la resonancia del paisaje todo lo ocupara. La paz era nuestro objetivo esencial; y sin embargo, un sentimiento superior a ése, nacía acá, mientras la estampa del datilero y las flores de Alejandría quedaban tras nosotros. El bus entraba al desierto de Judea. No sólo disminuía mi historia oficial sino también cualquier otra evocación. Yo estaba limpio de vida personal, era ajeno a los seres queridos que me recordaban en otras latitudes.

Tiempo después de abandonar Jericó, el desierto mostró de repente dos o tres modernas urbanizaciones. Una nueva soledad. Y finalmente ventanas árabes incrustadas en la montaña, avisos de productos modernos. La blancura de la ciudad poco antes del anochecer hería y reconfortaba. Estábamos a las puertas de Jerusalem.

Después vería la dorada mezquita de Omar y los olivares milenarios; también las calles cosmopolitas, los cementerios junto a las murallas; pero nada podría compararse a la tenue claridad del cielo, al azul intocado que baja, penetra las calles como un signo de transparencia. ¡Jerusalem de acuarela, de página blanca! ¡Piedras vibrátiles y claras! Así fui reconociendo la misma textura de las montañas, de los palacios y murallas en las edificaciones modernas. Toda la ciudad está construida con la piedra blanca de la región. Cada ladrillo ha sido elaborado con idéntica materia desde hace miles de años. Lo que hoy es polvo podrá ser mañana una habitación; lo que hoy es un cuarto amable ayer fue tierra de los alrededores. En las piedras de Jerusalem están todos los muertos de centenares de generaciones. No hay otra tierra como ésta, hecha de huesos.

El famoso descanso ofrecido por el Comité no sería tal cosa. En la ciudad nos esperaba un apretado programa de salutaciones, discursos y visitas oficiales. Levantarse muy temprano, acostarse tarde; vinos y largas explicaciones. ¿Llegué a odiar ese ritmo social? Comprendí que no se quería perder ni un minuto. Nadie podía estar libre o solo. Me las ingenié, no obstante, para recorrer las calles actuales y para ver las mujeres más bellas.

Estábamos instalados en la avenida del rey David. Mi habitación, absolutamente silenciosa, poseía el sosiego de lámparas creadas con vasijas llenas de arena y pantallas delicadas, tan originales en su diseño arcaico, que durante las tres noches encendí –sobre todo poco antes de dormir– gustosamente esas ánforas con bombillos, para rodearme de grata luz. Al frente, un ordenado jardín de colores alegres; por la ventana posterior, hacia el Cedrón, el panorama del huerto y las murallas, también el antiquísimo cementerio.

La primera noche, agotado por tantas experiencias nuevas y a la vez por cierto sentimiento de independencia, toqué la cama y quedé dormido muy pronto. En la habitación el silencio era absoluto; la disposición del hotel, gratas celdas una al lado de la otra, lo convertía en un largo pasillo conventual. Me desperté a las dos; algo imprecisable parecía molestar. Cambié de posición, no quería reconocer nada concreto que alterara mi sueño. Pero capté la brisa entre las hojas de un árbol, cerca de la ventana; y tal vez el zumbido de un mosquito. También una campanada dulce, veloces sirenas militares. ¿Rutina, estilo de las patrullas en todas las ciudades? Lo que fuese resultaba lejano y no me impediría dormir. Me sentí resbalar hacia la arena, hacia los domos de roca blanca: dormiría con la imagen del desierto. Pero en seguida esa fascinación visual desapareció. Con los ojos cerrados, mis oídos respondieron el llamado. Sentí cómo sonaba lejos, lejísimos, allá en la última habitación del inmenso pasillo, el choque breve, rebotante, preciso, de una calabaza seca contra el piso. Una totuma, imaginé, que alguien ha soltado y salta sobre la blanca piedra del piso. Ya no había sirenas ni dunas, sólo el seco movimiento de la piedra. ¿Dormí más inquieto?

Vinieron las horas sociales y algo tiránicas, en las cuales debíamos cumplir un programa, un vasto desayuno, recibir reiteradas explicaciones históricas. Fue al mediodía, por descuido de nuestros anfitriones, cuando pude escapar —fingiendo que iba al baño hacia una sala del bello restaurante, que era a la vez museo de arte. Su rígida amabilidad no podría sacarme de las *toilettes*, mientras en verdad yo curioseaba una pequeña sala: y allí estaban las pinceladas recónditas de Anna Ticho. El secreto tornasol de la aridez, las opacidades de lo transparente: el desierto, las grietas, arenas. El tono que me acompaña cuando pienso en Judea.

Volví a dormir en seguida la próxima noche, especialmente porque se nos había amenazado con un desayuno a las seis de la mañana: momento predilecto de cierto ministro, junto al cual escucharíamos sus experiencias de la última guerra. Como siempre, quería despertar media hora antes y cumplir la exigida puntualidad.

Pero esta vez las cosas ocurrieron de modo gradual: me sobresaltó una vez el viento sobre el valle de Cedrón –y en el árbol de mi ventana. Después, las imprecisables sirenas de alarma. Y, tal vez a las tres, tuve la seguridad de escuchar la repiqueteante caída de una calabaza: en otra habitación, pero muy cercana, la seca tapara saltaba sobre las piedras del piso, como un hueso. Maldije las interrupciones de mi sueño, recordé el trabajo del nuevo día, la levantada tan temprano. Noté que sudaba con abundancia desde la cabeza hacia el pecho. Una impresión de angustia, de temor. Me incorporé un poco, la zaranda parecía saltar a mi lado. Volví a echarme y creo haber dormido como si ya fuese a soñar. Tal vez el objeto del sueño no se concretó, porque en esos momentos yo era un hombre sin pasado, sin recuerdos, dedicado de manera absoluta a lo instantáneo;

pero también porque me sentí violenta y cómicamente halado por los pies.

—¡Despierte, señor! Usted ha venido a trabajar, no a dormir.

Por segundos no reconocí la voz del encargado oficial que nos recogería a las seis. Eran las 5:45, ¿por qué había entrado así? ¿Cómo se permitía esa manera insultante de despertar a un invitado? Más tarde sabría que mi teléfono pareció no sonar, cuando llamaron desde la recepción (o que yo no lo escuché). Y el obsesivo guía optó por aquella acción.

Desde luego, ya no recuerdo lo que ocurrió durante esa larga jornada. Cumplimos el protocolo; recibimos una cena de despedida. Guardo en la memoria los versos de un poeta leídos por él durante el banquete en obsequio de nuestro Comité. Saldríamos del país a la mañana siguiente.

Sin embargo, sentí con fuerza durante el día la noción del desprendimiento: había visitado una tierra mítica y única, sostenida en sangre, en escritura, en oro. Yo partiría dentro de pocas horas y tal vez ya no regresaría. Después del banquete caminé por las cercanías del hotel, recorrí las calles centrales, animadas y sonoras. Me aparté hacia un lado muy antiguo y vi salir la inmensa luna sobre los muros de Jerusalem. Allá estaba la puerta de Damasco, allí la mezquita. Un cromo dulcísimo, reconstruido ahora como si fuese una holografía. A medida que caminaba reconocí que el sentimiento nacido de las vastedades de Jericó no solo definía mi cerco individual: aquí alcanzaba la cualidad visible de una eternidad erosionada. No solamente yo carecía de personalidad propia sino que todo pertenecía a la demudación.

Volví al hotel; ajusté mi breve equipaje; todo en orden. Despertaría a las ocho para salir con calma. El largo reposo de la noche -esperaba un dormir profundo- sería mi despedida de la ciudad. En efecto, me rendí en seguida; y debía haber descansado ya bastante, cuando la sensación de ser un bus o un pájaro me invadió. Soñaba que afrontaba -a veces suavemente y otras de manera vertiginosa- las arenas, las rocas, las colinas. El desierto se abría, practicable, como cuando se viaja en el confort de un auto; y sin embargo, el paisaje permanecía inalcanzable, como si hubiese estado ante un cuadro.

Si hasta ese instante yo había sido un alma independiente, sosegada y ajena, pareció de pronto que pertenecía a una familia infinita.

Abría con fuerza los ojos dentro del sueño, y vi venir -ya dentro de mi propia habitación- la figura tostada, delicada, de una tía a quien no recordaba. Sobre su cabeza un velo oscuro; la mano en el pecho y una expresión ansiosa en el rostro. La otra mano sostiene a una niña, de pálido rostro, que llora a gritos; aunque tal vez no sea una chiquilla sino una adolescente. Las dos se acercaron; pude sentir que mi tía (tal como sucede en la realidad) aún vivía, en el lugar del mundo al cual iré

mañana; y que su hija estaba muerta desde muchos años atrás. Pero aquí aparecían ambas unidas, acercándose. De repente esta imagen quedó a un lado o se disolvió, porque advertí otro rostro –de treinta años, antes viril y poderoso– tan cercano que casi podía tocarlo. Sus labios decían algo terrible, amenazador; algo que maldice. El rostro de mi padre, como cuando yo era muy joven; no la faz del hombre que murió anciano. Lo escucho aproximarse, cubrir todo, luego alejarse y gritar; cambia de posición, parece no tener cuerpo. Se voltea, noto su nuca y el cabello hirsuto. Reparo otra vez en mi tía y en la niña, y en otra fila desordenada de figuras pálidas. ¿No es aquella la abuela Ventura? ¿No son esas personas muertos de mi ciudad? Avanza otra fila. El viejo Homero; alguien susurra:
—*...nos falta la trama de los nervios que mantiene unidos los huesos y la carne, destruidos por las llamas, nos desampara la vida y el alma vuela.*

La hija de mi tía. Otros desconocidos. Aquella mujer que se había enamorado de un río. Los gemelos que viven y mueren alternativamente. Y otra vez la cara de mi padre, ahora contenido, como si quisiera revelar algo, torvo y melancólico; impositivo. Tengo tiempo de decirme que estoy soñando, que veo un cuadro del desierto y no el desierto mismo.

Pero salto en la cama, me volteo; creo que he gritado. ¿Serán las tres de la madrugada? Percibo, ya despierto, el dulcísimo timbre de las lejanas campanas y, más allá, las sirenas de una patrulla. Toco la frente, el pecho; sudo mucho, aunque la noche está fresca. Reconozco donde estoy; anticipo el viaje de la mañana. Quiero incorporarme en la cama, pero entonces reconozco el repiqueteo de la seca pelota sobre el piso. Dejo pasar algunos segundos. Estoy absolutamente solo y no quiero abrir los ojos.

Deseo depender de esa vibración real: y el sonido vuelve una vez más: sobre el piso caen estrías de un ruido formado por el choque entre piedra y marfil. Choque entre huesos y rocas. Quiero abrir los ojos, porque ahora imagino que, quizá, el sonido nunca fue lejano. Todo ha estado ocurriendo, durante los tres días, aquí en la habitación, al lado de mi cama. La calabaza, la calavera salta. Decido acabar con esta sensación extraña; voy a prender la lámpara. Aun puedo repetirme que, en verdad, las paredes, el techo y el piso, el valle y las montañas, las casas, los hoteles próximos, las murallas, todo está hecho de huesos, de muerte. Tengo tiempo de decirme que voy a sorprender la blanca intromisión en esta habitación moderna: mi brazo alcanza la pequeña ánfora de barro y la mano busca el interruptor, sube y aprieta inútilmente. El bombillo no produce luz.

1987.

El doble arte de morir

1

Desde la cama Benito puede ver la luz fugitiva del sol que, como una crema, tiñe los bordes de la montaña y las partes altas de los otros edificios. Acaba de tener el cuerpo cálido y jugoso de Marina Luz, sus murmullos de gusto, de sueño. No hay duda, ha encontrado por fin a la mujer indicada, fuerte y permeable, siempre dispuesta al goce y a las responsabilidades. Con ella, se dice, ¿hasta el fin?

La deja dormir y salta desnudo hacia el baño; pulsa el control: por la televisión las imágenes de una mujer que ha velado durante un mes, encerrada, a su hermano muerto.

Al salir, ve que Marina Luz gira y que las sábanas son una invitación a quedarse junto a ella. Los pliegues reciben zonas doradas que el amanecer envía desde la montaña. Duda por un momento, pero va a la cocina. Le dejará café hecho. Por la radio el locutor comenta la muerte de un taxista, cincuenta años, afecto al gobierno. Apareció por Quebrada Honda, sin señales de violencia y tenía puesto un condón. De manera automática, Benito se ríe. Apaga los dos aparatos.

Sale del apartamento; es temprano, pero la luz ya no corona los montes. Hoy no usará su auto. Es curioso, desde su ventana la urbanización está nutrida por árboles y la calle se ve impecable, pero basta un pequeño recorrido para que el barrio de viviendas pobrísimas y escalinatas rotas, aparezca. En un kiosko lee los titulares: mientras medio país recoge firmas para echar al presidente, el otro medio país lo respalda.

Aprieta el maletín de piel, como si protegiera en exceso los papeles habituales. Aún resultaría fácil abordar el bus, lo cual le permitiría gozar un poco más de la claridad y de esta, todavía, hora dulce de la ciudad. Se detiene en la parada, pero la cola es mayor de lo que imaginaba y los vehículos pasan llenos.

Mejor el metro, se dice; sólo tiene que recorrer tres cuadras. Sin embargo, cuando apenas ha avanzado, encuentra un tumulto: gente que grita, manotea, se insulta entre sí y mira hacia la ventana más baja de un edificio. Quiere alejarse, cruzar la calle. Pero otro hombre, como de su edad, que sale del edificio, murmura solo. Benito se detiene, lo escucha y le atiende, como si fueran amigos. Una buena manera de saber lo que pasa.

—¡Quería vender a la niña! Se le fue la mano.

—¿Qué pasa, de qué se trata?

—Nada, el travesti del 7B que había secuestrado, vestido de enfermera, a una recién nacida. Parece que quería venderla por varios millones. Pero ¡qué bolas! Lo descubrieron por el llanto de la niña, ¿no se le pudo ocurrir algo mejor?

2

Una semana después, todo le sucede cuando ya se marchaba.

—He perdido un amigo —se dijo.

Y también: "Y con él, la mejor forma de morir".

Para colmo, el ascensor tardó en cerrarse, de tal manera que el rostro de Ramón Antonio, su amigo, aún le sonreía desde adentro, junto a alguna otra cara de la oficina.

¿Cómo podía haberle indicado, apenas unos segundos antes: "Tengo algo de que hablarte", con tono urgente, y sin embargo haber entrado al ascensor en vez de detenerse un momento y hablar de lo que fuera?

Su pensamiento se aceleró y a medida que caminaba hacia el sótano donde estaba el auto, de algún modo volvió a repetir que se trataba de una despedida o, por lo menos, de un cierre para su vieja relación.

La frase también hubiera podido sugerir que lo llamara más tarde y en otras circunstancias no habría dudado en hacerlo. Pero el encuentro en el ascensor estaba ligado a importantes pequeños detalles. Y a pesar de su ambigüedad, para él aquella era concisa. "Hablar" en este caso quería decir que no tenían por qué hacerlo. El motivo importante habría requerido de que el otro saliera del ascensor y soltara unas pocas palabras. La verdad es que su mensaje era una indirecta negación.

Ramón Antonio es uno de sus amigos más antiguos. Aunque en disciplinas diferentes, la agitada vida política de la universidad, hace tiempo, los reunió dentro de un grupo de activistas contra las dictaduras militares.

Meses atrás conversaron como tantas veces:

—Pero, Benito, ¿vas a casarte otra vez? ¿Tú crees que eso es un deporte?

—Mira, ya sabes que no me gustan las parejas momentáneas. Me gusta tener una mujer para mí y la comodidad del hogar.

—Pero Marina Luz es muy joven para ti y perdona que te lo repita.

—No importa, Ramón Antonio, si la cosa no resulta, me divorcio.

—Por eso te lo digo. ¿Por qué no viven juntos y después se casan? Así no tendremos que calarnos tu despecho cuando se separen. ¿Cuántos divorcios llevas ya, de verdad?

—No importa. Mejor es no recordar eso, amigo. Bebamos algo y hablemos de otra cosa.

—¿De política? Ya no me interesa. Cada movimiento nuevo, ofreciendo que todo será distinto, lo que hace es dañar más a la gente.

—Bueno, la política es para jóvenes obsesivos o para viejos zorros. Tampoco yo te hablaría de eso.

—¿Entonces?

—Sé que estás muy bien, que tus hipótesis sobre el desarrollo deportivo del país no sólo se han cumplido, sino que parecen materia de exportación para el resto del continente. Cómo me complace, hermano, ver tu nombre en la prensa y saber de tus éxitos. Pero aunque quiera casarme y aunque me siento casi perfecto de salud, ¿me permites volver a un problemita del que hablábamos en nuestra juventud?

—¿Cuál de tantos?

—Oye, a pesar de que fuimos a la vez muy locos y disciplinados, y aunque nos propusimos mil cosas, hubo una de la cual no hemos vuelto a hablar y que cada vez me parece más importante…

—A ver…

—Aquella cosa de morirnos. Tuvimos amigos que murieron por el alcohol, otros por drogas, accidentes y hasta del corazón. Pero nosotros hablábamos, ¿recuerdas?, con cierta lucidez...

—De lo que ahora llaman eutanasia o algo así.

—No exactamente, creo.

—Mira, ya que tocas el tema... voy a decirte algo muy privado. Fíjate que mi hermano, ¿te acuerdas de él?, el menor de todos en mi familia, el médico, ha hecho algo que me parece admirable y que en nuestra época hubiéramos celebrado casi públicamente. En cambio, es un secreto, por supuesto. Nuestra viejita, la abuela, venía en un taxi con mi hijo, hubo un choque, hace meses, y quedó viva pero muy mal. Mi hermano nos consultó y estuvimos de acuerdo, había que evitarle el sufrimiento. Él la ayudó a morir.

—¡Ramón Antonio! Pero si de eso se trata. Hay que morir antes de enfermarse. Y no me refiero al accidente de la abuela. De morir en el momento oportuno, de no llegar al deterioro -físico o mental-, aunque eso tampoco importa, lo esencial es saber desear y elegir el momento, el minuto decisivo de tu voluntad.

—Es distinto.

—No, amigo, se trata de aquello que tanto mencionamos en nuestra juventud.

—Bueno, ¿y quién querría hacer hoy tal cosa?

—Yo.

—Es interesante, pero ¿por qué?

—Por nada, por estar bien y querer desaparecer inteligentemente, sin atravesar el sufrimiento propio o el de los demás, con la ayuda de un médico muy consciente y de alguna adecuada medicina, sin dolores, como te decía, sin traumas, en paz.

—¡Qué cosas se te ocurren!

—Hablo en serio, Ramón Antonio. ¿Me pondrías en contacto con tu hermano, podríamos hablarle de esto?

—Pidamos una copa más. No veo inconveniente, Benito.

—Cómo te lo agradezco, claro que beberé esta y la otra. ¿Prometido el asunto?

—¡Sí!

—Bueno, te llamaré en el momento oportuno. Y perdona que insista un poco más sobre el tema, para que no creas que, además del matrimonio, hay otra cosa que me haya vuelto loco. Es que lo he pensado. Creo que todos hemos escuchado aquello de que pensar en la muerte es cosa de hombres sabios, de filósofos. Ni tú ni yo lo somos. O a lo mejor tú eres más sabio que yo.

—No te burles, digamos que estamos por graduarnos en eso.

—Acepto el chiste, significa que nos entendemos.
—Por supuesto.
—Pero la conclusión a la que llego, hermano, es que, y no te rías, morir es un arte. Recuerdo que algunos antropólogos estudian el tema, en tribus. Y que entre los romanos y japoneses antiguos era una tradición. ¿No?
—Es verdad.
—Pero allí intervenía un factor de honor, de castas, de orgullo. Eso no me interesa. Tampoco la loquera de quien se cuelga por despecho, como en las teleculebras.
—¿Si? ¿En las serias, las hay?
—No lo sé, debería haberlas. Y no me vengas con otra gracia, Ramón Antonio. Lo que creo es que la muerte se ha banalizado, aunque llegar a su límite sea una experiencia irreversible, definitiva. ¿Quién le tiene miedo a Dios? ¿O al vacío infinito?
—Tal vez yo.
—Pero se trata de mí. Te lo digo de otro modo: el suicidio ya no es una forma adecuada de morir. O lo es en el mundo rural; imagínate el fastidio de todo eso en estas ciudades. ¿Por qué meter a familiares o amigos en esa complicación?
—Estoy de acuerdo. ¿Y qué propones tú?
—Por lo menos, lo higiénico, lo civilizado. Y también el gusto o el arte. Quien va a morir, con la ayuda necesaria, elige día y hora, sitio, comodidad. ¿Bebe un poco de champán horas antes? ¿Escucha su música preferida? ¿Hace el amor? Y quien esté en el secreto, colabora con la eficacia del acto, algún documento, etc. Para nacer no nos consultan, Ramón: es algo primario. Morir requiere de equilibrio, de una convicción. Es un gesto elemental, pero importante. Elaborado como un deseo supremo. No se trata de algo para desesperados, para locos. Te lo digo, es un gesto de juicio, estético tal vez. Al fin y al cabo acoge nuestro máximo grado de voluntad. Tampoco es un consuelo contra el mundo, el mundo es magnífico, pero cansa. No entiendo por qué no se ha establecido una Sociedad -secreta, por ahora- para la práctica de este arte.
—¡Qué discurso, Benito! ¿Y tú vas a casarte con esa chica tan bella y joven?
—Una cosa no tiene nada que ver con la otra. Ella lo comprendería, pero es un asunto mío.
—Ya veo.
—¿De verdad reconoces lo importante de mi conversación con tu hermano?
—Sí.

3

Eso habían acordado, pero aunque encontró otras veces en fiestas de amigos o en este mismo edificio, a Ramón Antonio, cordialísimo siempre, no hablaron mucho.

Claro que él volvió a casarse y todo va bien. La chica es una compensación maravillosa. Y considera que aún no ha llegado el momento de solicitar la conversación con el hermano de Ramón Antonio. Pero hace un año pensó que su amigo parecía evadirlo. Lo vio venir por un pasillo y de pronto desapareció; semanas después, en un restaurante, notó que el otro se retiraba con disimulo cuando él entró.

Por último, hoy casi fue rechazado por el amigo a las puertas del ascensor. La sutil frase no podía engañarlo. Ramón Antonio tiene miedo de hablar con él, de que le pida cumplir con el compromiso.

—Pero el asunto ni siquiera es con él. Qué atrasado, ¿cómo puede acabarse una amistad por algo así?- se dice Benito, moviendo la cabeza- No sabe que ya vivimos el tiempo de ganarle a la muerte, de anticiparnos.

2007.

Final

Con ella todo se ha perdido, como cada vez.

1963.

Carta a Tlilt

Todo tenía su número y su fin,
y él estaba dentro del tiempo sagrado...

Cortázar

Debes saber que sólo otro viaje me ha marcado como éste; y tal significación la ignoré aún mientras estaba contigo. Fue necesario regresar, volver a mi país para reconocerte. Desde hace una semana leo, consulto y trato de memorizar textos que he conseguido en la Biblioteca del Banco. Mi oficina de programación industrial estableció el contacto con México -fui yo el elegido para asistir a la Conferencia, fuiste tú quien debió recibirme, guiar ese inicio en la ciudad- pero también la oficina me alejó hasta ahora de los conocimientos que tú convocaste para mí: el aprendizaje cuyo proceso me obsesiona en este momento.

Regresé hace una semana (aquí abril decae, días frescos y un súbito calor) y no obstante, sigo viendo a Augusto -nuestro gran amigo- que pasa a recogernos; y sigo viendo la imagen terrible del niño, su hijo: me aturde. Porque, sin aclararlo, yo sé cómo pensaste aquel día que el muchachito no serviría sino para molestarte y llorar: eras la única mujer durante el paseo: él iba a aferrarse a ti, a fastidiar desde el comienzo. Pero no fue únicamente así: Augusto llamó al hotel muy temprano y luego se retrasó; tú estabas conmigo porque era el último día. No sabíamos que había cambiado la idea de viajar en el bus: otro amigo le cedía su Volkswagen anaranjado. Llegó de pronto, acompañado por el niño. Entonces comprendimos que esa media hora perdida se recuperaría con facilidad en el auto. Tú pensaste que el pequeño arruinaría tu paseo: eras la única mujer en el vehículo: su mirada te buscó en seguida con ahínco.

    La Conferencia habría de durar una semana, y en ese lapso no quedé libre de trabajo sino para establecer otras conexiones comerciales, para cocteles (al fin y al cabo, más trabajo). Por eso viajé tres días antes; y realmente no creí que te entusiasmara el aviso de mi presencia en la ciudad. Dudé para buscarte. Tenía tu nombre, tu número: tú ibas a esperarme poco después. ¿Por qué no? No sé exactamente qué esperabas de mí: pero yo intuía en ti todo lo contrario de lo que eres. Al aceptar verme -y justo en ese sitio, un Vip's- creí que me someterías a un banquete turístico, a un exceso de mariachis y de espectáculos frívolos. Después comprendí que también tú esperabas el inicio de la Conferencia con cierto asco: ese viernes de mi llegada nada pareció estar tan a punto como tu deseo de abandonar la ciudad. Ahora me inquieta tu confianza, la manera como me seguiste (aunque eras tú la que establecía itinerarios, quien decidía: viéndolo bien, debí ser yo el precavido) hacia pueblos y zonas alejadas. Por lo tanto, tres días antes de la Conferencia -ignorante de la ciudad, del asfixiante aire opaco- yo tenía revisados Puebla, los escondites arcaicos de Cholula, una iglesia cuyo oro oprime en Tepozotlán, la H del juego de pelota en Tula, cierto frescos de dieciséis jaguares blancos que bordean la pirámide allí y, por último, la expresión indescifrable de los colosos en lo que fue el templo. Antes, jamás había sabido nada de esto o lo sabía con una ignorancia total. Debo reconocer que tampoco di importancia a tu mirada, a tus silencios, a ese extraño empeño en detenerte delante de cada cosa tanto tiempo. Te juro que lo tomé como una especial coquetería mexicana: después de todo tú venías de Chihuahua, eras tierna y alegre, conocías cómo recibir a muchos otros conferencistas. Pensé que te equivocabas con mi apariencia: los anteojos no garantizaban interés por el pasado indígena. Pero yo estaba seguro: orientaría tu juego: después iba a aprovechar y no importaba la tardanza. Ahora quiero saber -tu respuesta va a ayudarme mucho- si conocías realmente el significado de las piedras, de los senderos. ¿Qué leías allí, silenciosa y dulce? ¿Te interrumpía con mis palabras, con mis besos del comienzo? ¿Turbé tu concentración, construí el error, lo inevitable? Insisto en decirte -como ya lo hice aquel día durante la tarde- que no sabía quién era Cuauhtémoc ni el dios blanco.

    Tu entrega, tan natural y absoluta; tu desinterés; los escasos datos acerca de esa zona del norte donde has nacido: cómo hechizaba cada misterio en ti. Mi dificultad con las "l", para pronunciar tu nombre y tantos otros. Como seductor, en tales momentos no me importaba tu obsesiva recurrencia a la mitología. El día antes de inaugurarse la Conferencia comenzaba a saber -sin darme cuenta- nombres de guerreros y dioses, leyendas. En esta carta sólo añadiré algunos detalles que también tú manejas pero que no indicaste: constituyen el botín de mis investigaciones aquí, en la Biblioteca del Banco. Quiero decirte sobre la diosa de la inmundicia, sobre el collar... Ya verás.

La semana de trabajo nos permitió conocer a Augusto; en nada se parecía al que descubriríamos después: se inició como un funcionario eficiente, alto y barbudo, envuelto de lunes a viernes en suéteres muy actuales. Coordinaba las discusiones y se encargaba de redactar informes, al final. El azar colocó mi asiento al lado del suyo. Con alguien quise compartir la extraña atmósfera que tú, Tlilt, me imponías; con alguien quise distribuir mi carga de bromas hacia tu nombre y los nombres de los dioses, y Augusto se interesó en seguida. Puedo verlo de nuevo, como al principio: sólo encargado de indicar, de señalar ajustes, de obligar sutilmente a seguir instrucciones. Sentirlo al lado, fumando y fumando. Debió llamarme la atención su manera de hablar, exageradamente baja, el riquísimo vocabulario, los libros que cambiaba vertiginosamente entre la mañana y la tarde, como si los devorara en un momento secreto.

Correspondió a mis señas sobre ti trayendo algunos dulces de Puebla; el tercer mediodía, al compartirlos con café y tacos, supe que prestaba una colaboración especial de la universidad a la Conferencia y que había publicado un libro de poesía. No retuve el título la primera vez (próximos al final de la excursión, más tarde, recordaría: *Las llaves*) y él habló con cierto desenfado de sus dos divorcios, de su actual esposa y su hijo. ¿Era posible en un hombre casi adolescente esa vasta experiencia conyugal? ¿Deriva de allí algo de su sorda serenidad?

Como sabes, al final de la semana éramos amigos. Sin quererlo, yo mismo te había dado un inesperado enlace con tu más amado tema, la mitología azteca. Concluyó la Conferencia. Augusto quiso celebrar mi último domingo en México y decidió reservar pasajes en el bus que saldría al amanecer para Teotihuacán. Algo dijo sobre el lugar de los dioses; estoy seguro de que no hice mucho caso: todo me interesaba sólo por ti. También hoy recuerdo que hasta entonces las alusiones de Augusto a esa tradición divina fueron escasas: caminando te hablaría de cosas asombrosas.

Estuvimos con él y Catrina, su mujer, hasta la madrugada. Sentí un poco incongruente ese trasnocho para el viaje de la mañana, pero acepté complacido. ¿Qué gesto tuyo, qué satisfacción de tu mente no era -ya- todo yo? Catrina y Augusto leyeron cosas de Virgilio. Pocos asuntos desconozco más que el latín (jamás lo había escuchado de cerca). Cerveza, cigarrillos y voces parecían superficies compactas. Creo que me reí un poco de todo. Luego viniste conmigo al hotel, y al amanecer Augusto llamó para avisar que nos recogería. Su demora se debía al vehículo anaranjado que alguien le prestó. Catrina estaba algo mal, prefirió dormir. Mi sorpresa culminó en leer tu pensamiento: ese niñito que Augusto trajo nos arruinaría el viaje. ¿Cómo se le ocurrió? El chico saludó con vigor, sonrió desde el primer momento y su rostro tan dulce impedía no dejarse conquistar. ¿Tenía tres años? Un sombrero le ocultaba a veces los ojos.

En efecto, Augusto y yo adelante y el niño envolviéndote, detrás. Menos pausado, Augusto hablaba de la lenta aproximación de las afueras: México dura casi con molestia mientras uno desea ver la tierra. Faltaba gasolina y nos detuvimos un momento a llenar el tanque. A partir de allí, el amigo cedió ante el poeta. ¿Recuerdas con qué singular hermosura habló Augusto de que el escritor no puede ser simplemente hombre, sino que debe desarrollar en sí mismo un segundo hombre, y hasta un tercero? Era una espléndida y compleja teoría estética. Yo lo miraba atento: sé que tú no podías seguir sus palabras: el niño atentaba contra tu codo, y lo mordía.

Caminos, paredones y campesinos lentos: algo que creo haber visto en viejas películas. Un dulce color en las cosas. Luego, lentamente, paisajes de colores áridos, interrumpidos apenas por el maguey que se abre a flor de tierra, lanzando al aire su plumero, y el pirú, desdibujado, soñoliento. En un brusco viraje y a una señal de Augusto, vi las pirámides en la distancia. El dijo: "Teotihuacán".

Una emoción vislumbrada sólo una vez antes me oprimió por un instante: casi no la advertí. Tú, Tlilt, hablabas de Coatlicue, la diosa que más conoces, cuyo poder absorbe lo oscuro y lo terrible, cuyo poder genera dioses y tierra. Te escuché como remotamente: el movimiento del vehículo, la proximidad del mediodía y esas desconcertantes filas de magueyes ocultaron de nuevo el anuncio de las pirámides.

De ahora en adelante, Tlilt, no sé muy bien cómo escribirte. Mi carta se alarga y te cansa; tal vez busqué eso para que no advirtieras el pobre efecto que te causará mi exposición. Quería repetir los hechos de ese día e interpretarlos, tal como los veo hoy. Pero no será posible. No tengo palabras para moldear ambas cosas; algo vertiginoso llega otra vez.

Voy a mezclarlas simplemente. Escríbeme pronto, ordena todo tú, aclara las cosas. Dime qué ha sido de Augusto, cómo viven ahora él y Catrina.

El mediodía en Teotihuacán. Abril no permite calor pero arde el aire. En ese pequeño restaurante de la entrada, Augusto compró un collar para su hijo, el niño saltaba feliz, distraído por la llegada y por su nuevo juguete. Bajo el sol, abierto el pelo, sé que tú y yo lo admirábamos como a un dibujo móvil. Algo indeciso, los seguí hacia el templo oculto tras las rocas. Augusto hablaba como un guía que sueña y tu silencio era el rito final. Allí estaba la roca convertida en belleza y terror: la serpiente emplumada repitiéndose, cambiando de lugar dentro de la quietud, asombrosamente simétrica como nosotros. Quetzaltcóatl. Atravesamos el pequeño pasillo. Hubo un largo trueno que sólo tú notaste al comienzo. ¿Iría a llover?

A nuestra izquierda el cielo era negro. Pero la fuerza del mediodía alejó cualquier posibilidad de interrumpir el paseo. El niño corrió, nos llamó hacia la escalinata; con lentitud comenzamos a andar. Calzada de los muertos, distancia conjetural casi neutra. ¿Qué nos separaba al reír?

Aquí, después, he aprendido, Tlilt, que en aquellos lugares -hace siglos- los niños elegidos estaban dedicados al nacer: a la guerra o al dios. Mis investigaciones señalan que tú has podido ser, Tlilt, la amiga dulce u otra cosa: la última, Chimalma: porque tú cerrabas nuestra fila durante la caminata.

Protesté al rato, temí que el niño se cansara o que le afectara el sol; parecía exageradamente enrojecido y tenso. Tú nada dijiste; en cierta sonrisa de tu rostro leí que no querías cargarlo otra vez. ¿O es que la soledad en ese camino impide cualquier acercamiento?

En escorzo, vi la pirámide de la Luna. La luz nos cortaba. Augusto sacó milagrosamente una bolsita de "alegrías", devoramos las semillas azucaradas. En seguida nos invitó a subir. Tú, Tlilt, iniciaste la carrera (hoy comprendo que debías estar antes arriba, precedernos). Te perseguí con ganas, escalón tras escalón. Augusto tomó en sus brazos al niño y lo vi ascender con lentitud. Tú ya estabas en el extremo más alto cuando yo llegué: tuve el tiempo justo para mirarte y caer. Me tendí, exhausto por el esfuerzo, azotado por la vertiginosa sucesión de los escalones. Pero sobre todo, anhelante y asfixiado: volvía la impresión de trasnocho, un desesperado deseo de vomitar y desaparecer. Sentí que me tocabas, dando un poco de aire. ¿Cuánto tiempo tardó Augusto en llegar? Esa debilidad esencial, no me la perdonaré; al rato, con calma, comencé a escuchar las voces de algunos turistas que muy cerca cantaban y gritaban, todo en broma. Giraban en círculos, saltando.

Levanté la cabeza; el sol dejaba el centro, fundía los contornos de piedra multiplicando las manchas de leopardo en la tierra y el cielo.

A lo lejos, la gran calzada simétrica y hormigueante devolvía claridad contra claridad. ¿Quiénes corrían en la distancia, abajo? ¿Hombres, sombras, simples viajeros? Un último vértigo oscuro me entregó la claridad del mediodía. Tu mano tocó mi cuello: devolví el gesto con ternura: mejoraba. Pero hoy sé que no estabas conmigo, y que presionabas como adelantando la señal definitiva. Augusto se acercó sonriendo, quiso bromear por mi malestar. El niño pasó de sus brazos al piso de piedra. Sobre nosotros un cielo imprecisable ardía. Tu mano recorrió mi hombro: la voz de Augusto interrumpió el comentario y cierto grito múltiple acudió desde el grupo que antes cantaba. Sorprendido, inocente, quizá atrapado también por la vertiginosa claridad, el niño corrió desde nuestro sitio hasta el borde más alto de la pirámide. No encontraría escalones ni asideros. Corrió, riendo, y saltó seguro de su liviandad. Augusto rugió. Todos nos lanzamos tras del niño cuando cualquier gesto era imposible: sobre el contorno voraz el cuerpo se rasgaba y la sangre interrumpía el eterno color de la piedra.

Un Orinoco fantasma

1

Al nacer toqué sus aguas con todo mi cuerpo. Apenas surgía el sol y, en la curiara, mi madre todavía no me esperaba. Fue atendida con eficacia y dulzura por papá, quien cortó el cordón umbilical con los dientes y gritó en seguida de alegría. La humedad de la sangre se disolvió por el agua: desde entonces nada hiriente, nada doloroso puede vencerme.

Quizá allí, sobre las aguas y en medio de la selva, mi padre susurró (u ordenó) el secreto. Yo debía cumplir su mandato (o esa súplica) aunque no hubiera entendido. "Desconfía cuando encuentres las torres de luz, habrá peligro..." Eso creí descifrar mucho después.

2

Durante casi todo el año las aguas fulguran dulcemente como el cielo. Puedo tocar uno a uno los lejanos planetas. Indigo, cristal. Mi casa, a pocos pasos del río, está rodeada por inmensas raíces sobre las cuales las ramas hacen su compás. No temo a las sólidas serpientes ni al toro bravo. Sé que a los cinco años estoy nadando: una masa de bronce se adapta a mis gestos. Una vecina, igualmente bronceada, con labios rojos, que me cuida, lame el minúsculo sexo.

También llegan las tempestades que cortan aguas y bosques. Pero yo estaré inmóvil en la ribera salvaje durante nueve años. El vigor, hojas nacientes. Una madrugada mamá nos levanta a todos los hermanos: al amanecer papá debe huir. Se lo llevará el laberinto de caños. Y desde entonces observaré el otro lado del río, esperando un imposible regreso.

A la mañana siguiente vienen en una lancha airosa y rápida gentes de otro lugar. Alguna clase de autoridades. Mamá afronta la situación. Van colocando en sacos y cajas todas las cosas: muebles, los productos del pequeño negocio. Ignoro por qué me estremezco cuando la zarpa toma una vieja máquina de escribir que nunca he abierto. ¿Política, embargo legal? ¿Cuál fue la culpa de mi padre? Sólo mamá podría hablar con claridad.

3

Tengo nueve años y esa tarde, para sacudirme la tristeza, corro hacia el río. Gran nadador, vencedor de competencias contra la corriente de agosto, avanzo hacia lo remoto. Arriba en el barranco, algunas personas se reúnen, excitadas porque los gansos de la maestra (la aldea tiene cuarenta habitantes) han escapado: nadan y vuelan sobre el río hacia el otro lado. Todos miran absortos y comentan.

¿Son las tres de la tarde? Yo, que logré avanzar muchos pasos dentro del agua, porque la marea sube y el viento es fuerte, recibo el impacto de las olas. El viento es fuego. Pierdo el piso: un pozo enorme se abre bajo el cuerpo del río. Es el cantil, el río en su inesperada profundidad. Hago esfuerzos por flotar, por respirar. Pero la violencia del bronce líquido me golpea, domina. De pronto comprendo que voy a morir. Estoy bajo el corriental, soy arrastrado hacia fuera y hacia lo más hondo. ¿Tengo dos minutos sin respirar? Abro los ojos y la boca; un paraíso turbio me vapulea. Beberé todas las aguas. Dejo de luchar, aflojo el cuerpo, los brazos. Soy agua también.

4

Desperté horas después. Dijo mi tía: "Todo el mundo entretenido viendo los gansos. Y de repente vi los cabellitos entre las marejadas. Nadie me hacía caso. Pero lo salvamos".

Nunca olvidé el abrazo del río: su fusión conmigo. Lo había considerado un aliado, algo capaz de ser sometido con astucia y eficacia. Ahora estaban claras las diferencias. Podía vencerme: con su furia, con su soledad, con su belleza y su voz milenaria, como sigue haciéndolo. Pero también estaba claro que yo le pertenecía: había nacido de él, a él volveré. Dediqué mi vida a rendirle tributo: a mirarlo, beberlo, soñarlo. Si sus aguas me habían dejado salir, ya nunca encontraría otro con quien luchar así, hasta la entrega. Mi enemigo más poderoso sería insignificante junto a él.

5

Vinieron a la vez los amores y mi huida. A los doce años las fugaces mujeres de siempre perdieron importancia: era el roce con las manos ásperas de Sergia, la mirada fija y algo hipnótica de Ana Victoria, lo que me preparaba para el deseo. Y un día llegada de otro lugar surgiría Marlene. Una diosa delgada, de ojos grises y largo pelo peinado en cola de caballo. Su agilidad, su boca rosa: todo me despreciaba. Inútilmente la abordé durante meses. Ni siquiera me habló. Las otras muchachas no sabían de mi dolor, y calmaban al entregarse. Fueron complacientes y eternas. En la playa, mujeres de barro, moldeadas por mí, sustituían a Marlene. Los otros chicos, desnudos, acudían erectos para recibir el fogonazo de mi semen.

Por las noches el río susurraba. Yo comencé a tomar algún trago de ron, escondido. Y, desde las aguas, mil voces compartían ahora la historia de mi desdicha, como antes los granos de la felicidad y las vidas del río y aquellas que el río mismo había guardado: memorias plateadas de viajeros, de aventureros, de indígenas.

Escapé del territorio encantado en plena juventud. ¿Por qué? Tal vez para obedecer al río, que exige conocerlo todo. Quizá para comparar y así distinguir la singularidad.

6

El río es la forma perfecta de la serenidad. Hacia ella convergieron todos los besos, los libros, la amistad. Hubo años de estudios, de trabajos, de oficinas, de poder: cada cuerpo y cada lugar elegidos llevaron mi mente y mis sentidos hacia fronteras no conocidas por otro. No rechacé ninguna posibilidad vital. He vivido para el fuego de los dioses, y la alegría me recompensa siempre.

Desde hace mucho, amo a esta ciudad febrilmente: por su verdor y su luz, por sus calles provincianas y su locura cosmopolita. También la ciudad me otorgó a Ximena, con su nombre en verso. El largo pelo negro, los ojos oscuros, borraron la ceniza de Marlene. Un misterio sus muslos, lenta madera algodonosa. Esplendor magnético que me sostiene desde hace veintiún años.

Pero tras todo esto, el color de "bronce azul" que descubre el poeta en el río vuelve a ser la forma perfecta de la felicidad.

7

Durante cincuenta años recorrí otros ámbitos. Estaba un día en un museo de antigüedades, modernísimo, cuando el azar me llevó a una vasta sala y a su colección de espejos. Los miré con atención y sorpresa. ¿Era ineludible que la gente hubiese querido observarse siempre?

En mi hotel, esa noche, soñé que un hombre se perdía dentro de un museo. Todo éste parecía hecho de espejos. Ante el infinito repetirse, quedó sin identidad y se lanzó contra ellos. Los espejos saltaron, borrándolo: estaban hechos de agua.

Terriblemente angustiado quería despertar. Volví a ver aquella vieja máquina de escribir que la autoridades arrebataran. Y escuché, descifré, en el fragor de los espejos que caían o dentro de las aguas, la voz de mi padre repitiendo claramente su secreta petición. Era él: su torso desapareciendo en el azogue, su enigmática huida. Alguien poderoso se vengaba de él. Había sido honesto y solitario, eso lo debilitó. Y ahora su petición era clara: cuando encontrara allá, en la ribera salvaje, las torres de luz, debía desconfiar. Pero mi padre -pensé- había estado alucinado: en la selva vital todo era agua y silencio. Las terribles torres no existirían jamás. Sin embargo él no me daba reposo: tenía que buscar y encontrar la amenaza.

De manera simultánea, las aguas se recogieron: eran un espejo vertical, que se elevaba sobre la comba del horizonte, como si el río ascendiera. Una curiara me llevaba a Uracoa, hacia Angostura y los raudales de Atures.

Desperté: un fantasma de agua me rodeaba. El Orinoco inmenso, móvil, circulando dentro de mi memoria. Llamaba, decidí volver a él para siempre.

8

Aquí estoy, con Ximena. Donde antes hubo árboles, barrancos y araguatos se imponen casas modernas, altos edificios. Antenas de radio y televisión, de satélites, computadoras, bares, hoteles, tiendas. Las carreteras circundan a la nueva ciudad. Un mundo vibrante, colorido y desafiante. El gran puente. La ciudad sobre el río. Cordones de miseria y de opulencia. Las torres de luz bañando y quemando el paisaje.

El río bordea esta calle. Parece tramar una feroz arremetida o bramar su derrota. Imperceptiblemente, a medida que pasan los días, siento cómo mi propia alma se deja fascinar por el confort y el encanto de la urbe. Sólo a ratos salta desde lo hondo un sentimiento de horror y de violencia. Pertenezco a un lenguaje secreto: ése que une y separa al río y la ciudad. "Desconfía. Vigila". ¿Qué soy junto a la masa saturada de actualidad?

Me asomo entonces a las aguas, busco un punto desierto del último barranco y trato de comprender ese otro mensaje: aquello que el río prepara dentro de sí, esa versión complementaria para el secreto de mi padre.

San Rafael, junio de 1997.

Praeputium

A Ramón Piñango

1

Fue mi hermano mayor, poco antes de morir, quien me rogó hacerlo. Yo tenía doce años y no comprendí exactamente su orden, pero él mismo indicó que esperara: cuando tuviera la edad suficiente ella se acercaría a mí. Yo sabía con exactitud de quién hablaba, porque fui testigo de las veces en que ella pasó cerca de nuestras siembras o de las veces en que él escapó de noche hacia el castillo.

Ahora que tengo dieciocho años me parece que ella, Fabianne de Brandeis, es más joven que antes, cuando mi hermano iba a verla. Y sin embargo debe ser una mujer algo madura, aunque su cuerpo, su piel, sus movimientos son elásticos como los de una niña. Mirella, hija de un cazador vecino, la admira y dice que es bella, pero que también es maga y viejísima. Yo no le creo: Mirella no logra que me interese tanto en ella como en la dama de Brandeis.

Excepto yo, nadie supo el secreto de mi hermano. La causa de su muerte es lo mismo que me impulsa hacia Fabianne. Somos una familia de puros hombres, en la cual mamá reina y dirige como si fuéramos lobos y corderos. Hay dos hermanos antes que yo y dos después de mí. Nunca supe que alguno de ellos se comunicara con la dama. Tal vez porque yo tengo el cabello rubio y largo y el cuerpo fuerte como el de mi hermano mayor. Desde siempre aquí hemos trabajado junto a papá y nuestro vino y nuestro trigo, nuestros frutos son de gran calidad. Quizá en uno de sus viajes vendiendo cosas por la comarca, estando cerca del palacio cercano, mi hermano fue visto por primera vez.

Como he dicho, (como quizá te diga finalmente hoy, hermano) yo tenía doce años cuando los ví conversar. Fabianne de Brandeis vestía un traje dorado y venía en un caballo sostenido por el escudero de su esposo. Detrás, mujeres con hábitos oscuros, como una guardia de honor. Yo estaba inclinado sobre los surcos, muy cerca del manantial, que es nuestra fuente privada. Había que aprovechar el buen tiempo. Y ella se detuvo con su cortejo. Al lado, mi hermano se inquietó como un caballo. Tal vez era casualidad (¿o sabría algo él?) o tal vez no podía creer que la dama hubiese venido desde la ciudad hasta aquí para hablarle. Pero fue así: vino el escudero y lo llevó hasta ella.

Dos veces más hizo Fabianne este recorrido y por eso nunca la olvidé, aunque creo que nadie puede olvidarla después de haberla mirado. ¿Duró todo apenas algunas semanas o algunos meses? No puedo precisarlo. El enloqueció por ella y fue a verla casi cada noche. Desafiaba la nieve y las tempestades. Sólo cuando el dolor lo obligó a inmovilizarse, cuando ya no pudo venir al campo a trabajar, me pidió ayuda y comencé a curarlo, bajo el juramento de no revelar nada. Las medicinas administradas por mamá o por algunas viejas de la localidad no servían.

—Contigo será perfecto, cuando ella te busque obedécele como si fueras yo mismo.

Tales fueron las palabras de mi hermano cuando iba a morir. Palabras que sólo ahora entiendo y que me repito esta noche, porque con ellas celebro su memoria y mi triunfo. A menos que hoy se cumpla algo que no puedo adivinar y que desde hoy comience yo a ser excluido del castillo.(Y entonces iré a decírtelo en el cementerio, hermano)

En verdad, casi nunca pensé en la dama hasta hace pocos meses. Ella estaba en la plaza acompañada por quien debía ser su esposo, un caballero arrogante y algo marchito. Yo distribuía la misma mercancía que hemos cultivado. Otras veces había escuchado los rumores que circulan por el mercado: se acaba el siglo, también el milenio, dicen. No comprendo bien este asunto de los tiempos. Hay adivinos y sé que debemos practicar baños especiales y ensalmes. Precisamente mientras un ciego recitaba esa letanía del fin del milenio, al levantar la cara sentí aquella mirada encantadora: Fabianne está sola, junto a mí. Vislumbré el alto tocado de oro y damasco, la capa enjoyada. Bajé la cara, pero ella colocó su mano en mi cabeza. La vi, sonrió como si nos conociéramos. Supe que había hallado la mujer de mi vida, que ni Mirella ni las otras chicas de Frauburg pueden comparársele.

Mi hermano -sabio e infortunado- tenía razón: ella me había encontrado. ¿Cómo pudo saber que yo sería el elegido?

2

Desde hace algunos meses acudo por las noches a la hermosa habitación de esta torre, donde ahora la espero. ¿También mi hermano fue recibido aquí? ¿Cuántos otros vivieron lo que él y yo? Tal vez la belleza y la juventud de esta dama se nutran del alimento que somos nosotros.

Hoy comerá el último bocado y eso puede significar mi exilio del palacio para siempre. ¿O a pesar del agotamiento seguiré siendo suyo? Esta noche es decisiva y sé que debo acatar lo que venga. Mi hermano dijo que la obedeciera.

Hay candiles y cortinajes que tapan la ojiva, un lecho de madera oscura, alto y protegido por ricos tejidos, muy suave en el centro. Flores y licor que ella nunca prueba, aunque me incita a tomarlo con fascinante imposición. ¿Murieron muchos como mi hermano? Tampoco yo tengo claro por qué sigo vivo y sano. Me digo que la experiencia del deseo, de tanta pasión inagotable me protege. Cuando ella ha cumplido su impulso, delirante y feliz, yo voy hacia el manantial, la fuente de mi casa, corro a ella y ya en las aguas vuelvo a frotarme y a eyacular, con la misma intensidad como si estuviese dentro de ella, cosa que jamás ha ocurrido porque su gusto es otro, tal vez impensable, superior. Entonces, así, la siento doblemente mía. Y el agua es ella y sano rápidamente para volver cuatro o cinco días después.

Hace apenas un momento que el siervo me dejó solo. Es medianoche.

Como siempre, Fabianne entra silenciosamente. Aunque esté muy atento a su llegada, sólo advierto que está aquí cuando me toca el pecho. ¿Efecto del largo trago de licor que bebo al llegar, según sus indicaciones?

Esto quizá permitiría a Mirella -si lo supiera- confirmar su idea de que es una bruja. Fabianne arroja el delicado manto que la envuelve y queda desnuda. Las velas están colocadas para que su vientre destaque frente a mí, sobre los almohadones bordados. Todo yo me voy en la mirada: su sexo palpita como una rara flor, su vello y su olor me turban. Lanzo mi cuello hacia allí, quisiera quedarme para siempre con la boca adherida, absorbiendo. Ella me dejará hacerlo por algunos momentos. Entonces acerca una copa, bebo y la beso. Su boca es tan dulce como la otra boca. Ahora sus manos vibran un poco al quitarme el sayo, al bajar el calzón.

Sus ojos irradian, sus manos me aprisionan. Fabianne tiene frente a ella mi lanza sanguínea. Va a besar desde abajo, desde los cojones, morderá suavemente el pelo cobrizo y lame la cabeza.

La primera vez yo no entendía su juego. Ella apretó y movió el prepucio hacia atrás, con una lentitud que me enloquecía. Creí que iba a beber la primera gota, pero no, siguió tocando la piel móvil, sintiéndola arrollarse y estirarse, cubrir mi verga y destaparla. Nunca imaginé que su pericia lograría que mi prepucio tapara todo el poderoso animal erecto. Susurraba para que yo me contuviera y así lo hice. Y en medio de ese placer extremo, hundiendo yo mis dedos en su carne maravillosa, su boca comenzó a succionar. Creo que supo calcular: en el instante del éxtasis, el placer fue llevado más allá de lo posible: sus dientes arrancaban un pedazo de prepucio. La sangre y el semen en su rostro, mi pasión ardiendo rostro a rostro. Y su boca masticando mi carne, triturando la piel, su orgasmo como un prodigio.

Durante meses he dejado que ella devore. Dentro de unos segundos va a morder y yo viviré doblemente nuestro placer. Sólo resta un último bocado. ¿Qué será de mí después?

Caracas, 31 de enero, 1999.

Dilución

A Benjamín Sánchez

El cuadro había sido recibido admirablemente desde su primera exhibición. La gran ciudad, siempre urgente en sus edificaciones, en su vialidad y sus sitios nocturnos, en todo lo que él consideraba el mundo salvaje del trópico cibernético; la gran ciudad se revelaba también como un ámbito de refinamiento creciente, prueba de lo cual eran sus galerías de arte, los museos, salas de conciertos y las elegantes revistas especializadas.

El participaba de ambas modalidades con la naturalidad que le prestaban sus viajes, su éxito en otros países, la calidad indiscutible, según críticos y compradores de diversas partes del mundo, sostenida en su pintura. Y porque la ciudad fue gobernada por décadas con un aparente equilibrio de partidos políticos y poderes económicos.

Aunque numerosas colecciones guardaban piezas suyas, destacadas dentro del confuso período de la plástica internacional, fue aquel cuadro el que no sólo le reveló cómo podía sintetizarse un lenguaje, una imagen, hasta avasallar su pasado y abrir cauces a lo que sería su estilo flexible y distintivo, sino también la obra que lo colocaría dentro de esa frontera de lo excepcional para los demás.

Lo había creado durante más de un año. El lienzo (para llamarlo de algún modo) tenía un tamaño mediano y el artista acudía a su superficie con un ritmo dictado por el azar. Superficie de materia singular, que aceptaba técnicas tradicionales e impresiones electrónicas. Esbozaba, calculaba, pintaba con energía, corregía detalles, volvía sobre tonos a los cuales enriquecía. Ni siquiera lo tenía en el amplio estudio con sus otros trabajos. Nadie podía verlo porque estaba aislado en un rincón de su propio dormitorio, junto a la ventana, obsesivamente aireada. Trabajaba de manera lenta y secreta en él, mientras realizaba obras grandes y pequeñas que los coleccionistas buscarían con interés.

Quizá sentía demasiada inseguridad ante aquel trabajo: correspondía a cuanto había practicado hasta entonces; pero durante horas lo invadía un mórbido desasosiego, hasta que por las tardes el pintor veía en ese rectángulo una energía que lo enceguecía, que lo sometía como si él fuera parte de la imagen.

Lo concluyó la tarde en que cumplía treinta años. Su propia esposa había previsto una celebración especial para el aniversario, pero la convenció de realizar un alegre desayuno íntimo, de hacer el amor junto a la ventana soleada para luego aislarse él durante algunas horas con el cuadro. En la noche, brindaron y volvieron a amarse con plenitud. El cuadro quedaba como un interludio o como algo ajeno a aquellas horas.

Sólo cuando brindaron ya a medianoche él le anunció que la obra estaba concluida. Y desde ese instante fue ella quien la condujo al certamen más importante de la ciudad, donde obtuvo poco después el premio mayor, y quien la mostró a especialistas internacionales, confirmándose casi en seguida la aceptación y la alta valoración unánime que la obra tenía en otras fronteras, a la vez que abría un destino brillante para el creador y su trabajo posterior.

El cuadro no era bello y él se resistió a venderlo. Materias muy actuales determinaban su riqueza de color, aunque algunos acentos de viejo y noble óleo desconcertaban la mirada con su discreta aparición. Se trataba de una escena política, violenta. El enfrentamiento entre habitantes de un mismo país, el delirio por un poder irracional, el culto a la sangre vertida, la conversión de todos en Caín. Ciertos procedimientos computarizados acentuaban aquella sórdida imagen, permitiendo que la noche y la sangre saltaran al espacio del espectador.

Hoy, cuando cumple sesenta años siente que, dentro del caos circundante, la vida continúa otorgándole privilegios. Su esposa murió hace una década; cree que nunca podrá reponerse de ese extraño vacío, del sentimiento más raro: el que ocasiona la pérdida de una persona esencial. En la casa, en el taller mantiene cada detalle como ella lo dejó: así reverencia aquel espíritu fresco, audaz y apasionado, cuya aureola nutre su cotidianidad. Porque además, si él fue creando su arte junto a ella, sólo la mujer expandió esa obra hacia circuitos imprevisibles.

Tener esta edad y saber que cada vez su pintura es más respetada y comprendida constituye parte de sus privilegios. Sus otras alegrías derivan de contar con tres buenos amigos, de saberse capaz para anotar sus observaciones acerca del hecho de crear, de reconocer que el acto mismo de pintar puede ser desdoblado en conexiones con el pensamiento de autores, de artistas. Pero sobre todo agradece el vínculo cambiante que la vida le otorga con amores intensos, lentos e insaciables.

Una de esas apasionadas mujeres jóvenes vendrá más tarde, hará una cena ligera y se entregarán con ternura. Lo harán casi como un secreto o una profanación: el estado de la ciudad parece prohibirlo. Pero eso fue lo acordado en la mañana, porque ahora, al atardecer, después de haber agradecido las llamadas de felicitación y un grato artículo en la prensa, que celebra sus sesenta años y su obra -"verdadero salto al vacío, riesgo total y pleno"- como un hito estético, él se ha encerrado en el estudio, ha ido revisando algunos proyectos actuales y, de repente, detenido frente a aquella obra de sus treinta años, advierte un raro estremecimiento.

Todo comienza con la silueta ubicada en el ángulo inferior de la derecha: alguien apenas esbozado huye, se enmascara, se disuelve. No recordaba haber hecho esa figura; se acerca y observa con atención: sí, son sus trazos, su gusto por el sepia y las sombras. Es su escritura, aquella que construyó por años asimilando la pincelada de Rembrandt. Lo extraño es la simultánea energía y la debilidad de ese fragmento. ¿O es que el soporte se ha deteriorado? ¿Han caído pigmentos?

Y del detalle pasa a la configuración total del cuadro: ¿por qué, cómo pudo realizarlo? ¿Qué había en él para proponer una imagen tan degradante? Violencia, injusticia, horror, el fratricidio, la destrucción: los trazos hablan de un estallido, de un poder oscuro.

Cuando él pintó este cuadro la ciudad parecía adormecida en un trato democrático. Ajeno a las intrigas políticas y económicas, no tenía interés en reflejar lo que subterráneamente podía estar ocurriendo. Ahora recupera aquella sensación de que la materia del cuadro era algo desconocido de su propia existencia, recupera la sensación de inseguridad y el ocultamiento con que trabajó. ¿Cómo pudo triunfar un cuadro tan hiriente en esos años? ¿Quiénes lo habían percibido como obra maestra? ¿Por qué lo guardó siempre?

Sabe que esta noche va a cenar (hasta pensarlo es una dolorosa ironía) con su muchacha; por lo menos así lo han acordado. Pero ¿podrá ella regresar? ¿podrá atravesar la ciudad? Desde hace cinco años, la confusa democracia produjo un cambio fuerte: surgieron nuevos líderes que pretendían eliminar la corrupción de los anteriores. Hubo revelaciones del caos tras el orden, de la injusticia inmensa. Comenzaría un tiempo saludable. Y la democracia eligió nuevos ductores. En poco tiempo, estos imitaron a los de antes, los superaron en ignorancia y crueldad. Un enfrentamiento ciego entre los bandos desató primero los ataques verbales y mediáticos, después las emboscadas y, finalmente, la guerra. Los hijos de la ciudad se habían convertido en masas irreconciliables, tan pérfidos y poderosos unos como otros. Si bien asomaban rostros e intenciones limpios, eran absorbidos por alguna de las facciones. ¿Cuánto duraría el desastre? ¿Podría la ciudad resurgir de sus ruinas? Lo insólito, y él se inclinaba a pensar que aquí se trataba de un fenómeno tropical, era que en apariencia la democracia continuaba, que la prensa, aunque limitada, era la misma y los poderes justos. Una prueba de ello: el gesto con que la ciudad celebraba hoy con brevedad su obra y sus sesenta años.

Fue a la cocina a buscar café. Quedaba sólo un poco y prefirió guardarlo para cuando ella regresara. Trajo un vaso de agua, algo turbia y se colocó ante el cuadro como si nunca lo hubiera conocido. ¿Quién había cambiado? ¿Su alrededor, él mismo, la obra? ¿Todos? ¿Por qué? ¿Cómo pudo llegar un mundo civilizado a esta precariedad y a tal violencia? ¿Cuánta responsabilidad tenía él?

Su cuadro era famoso, pero no podía haber influido tan intensamente en las masas. El no había determinado aquello, quizá lo previera. En un comienzo firmó documentos y dio declaraciones contra el mal. Fue inútil, porque al hacerlo parecía haber tomado partido por alguno de los bandos y él sólo era un observador, alguien amante del equilibrio.

Bebe un sorbo de aquella agua, repasa un detalle de la mesa, donde un objeto dejado por su esposa parece vigilarlo. ¿Qué hubiera hecho ella? Y pensarlo lo impulsa a buscar el artículo publicado hoy. Lo relee frente al cuadro. Aquellos elogios guardan un mensaje que va más allá. Aunque sólo pudo obtener este periódico (llamemos así la hoja elemental que circula cada tres días) en otra publicación que él no conseguirá ni verá puede haber otro texto parecido. Sabe que la aceptación de su obra es firme. Pero los párrafos parecen esconder otra cosa. Relee de nuevo: en efecto, quienes aquí se expresan participan de un extremo político. Elogiarlo es hacerlo de ellos. Y algo similar debe estar ocurriendo con los otros. Ni siquiera la vida de una obra de arte puede ser respetada aquí. Quieren sacarla de su sentido propio para atribuirle otros significados.

Da algunos pasos excitado. Tal vez sus propios amigos hayan orquestado esa nota de prensa, tal vez ellos mismos... No, no se prestará a un bando o al otro. Es imposible vislumbrar sindéresis en largos años. El mal ha llegado para prolongarse. Y él no lo tolerará.

¿Había conocido antes este grado de desesperación? Es muy diferente de cuanto sintió al morir su esposa. Se concentra y advierte que, diluida, se trata de la misma emoción con que pintaba esta superficie treinta años atrás.

Está solo con su creación. Ella podría decir mil cosas a otras personas. Piensa destruirla en un momento. Pero cambia de parecer: su arte había contribuido de algún modo a construir la ciudad. O a reflejarla. O a adivinarla. Aún puede ser un testimonio, una advertencia.

Y en medio de la angustia, se detiene en el ángulo inferior del cuadro. Allí está su decisión: aunque las carreteras son peligrosas, siempre podrán conducirlo a un lugar extraviado. No sabe cómo denominar este sentimiento terrible. ¿Cuánto tardarán en aparecer seres distintos, confiables? Debe huir por desesperanza, para siempre. Por la ventana ha entrado la noche y su muchacha puede llegar de un momento a otro, en caso de que logre atravesar los cercos militares, el pillaje. Tal vez no regrese nunca. Si lo hace, ¿encontrará aquí el cuadro, todo lo suyo?

Elige una ropa simple y protectora, llena una vasija con agua y en medio de la oscuridad sale a la calle. Hay un fragor de incendios y disparos. Se orienta hacia el sur, buscando parajes desconocidos.

Enero 21-23, 2003.

En silencio

Dos hombres han trabajado en una misma fábrica. Y son enemigos. Sólo vuelven a encontrarse mucho tiempo después, cuando uno de ellos es un asesino (secreto y genial). Uno de ellos lee en los labios del otro cierta frase clave que lo delata: había aprendido a hacerlo debido al ruido de la fábrica.

1963.

La sonrisa en el puerto

A Maruja Dagnino

Qué contraste: allá hasta los gritos y la alegría hubieran parecido débiles, mientras el verano era más rápido de lo deseado y los vientos fríos persistían durante muchos meses. Aquí el sol podía llegar a abrasar hora tras horas, aun en las noches. El ardor sólo quedaba compensado por mantenerse uno con el torso desnudo, usar camisas muy ligeras, beber una continua cerveza o estrechar otra piel, enigmáticamente siempre fresca.

—¿Qué está diciendo?
—No comprendo nada, pero sonríe.
—Es otro de sus chistes.
—¿También un chiste amargo en este momento?
—No parece, pero ¿cómo diferenciar cuando uno se ríe de verdad o por rabia?

Los hijos de Da Nino se inclinaban sobre él y de algún modo no los escuchaba, aunque el oído, su mejor sentido, penetraba más allá de toda previsión. El hombre de noventa años sabía que estaba muriendo.

Tal vez el contraste entre los dos puertos lo retuvo aquí, sobre todo durante los últimos treinta años, al casarse por quinta vez. Alto y fuerte. Su rostro parecía haberse concentrado desde niño en la boca, italiana y sensual, que sus mujeres valoraron golosamente. Desde algunos años antes, los labios se encogieron, él lo sabía, pero ciertas luces del día podían devolverle aquella inicial humedad que las chicas desearan. Únicamente que ahora quizá no tenía las enamoradas de antes. Pero cómo estar seguro de eso.

—Nunca pensé en volver, pero lo decidí de pronto y vine lo más rápidamente que pude. ¿De verdad está tan mal?

—¿Dónde anduvo usted tantos años Rosenda? Ya lleva dos semanas casi sin hablar. Se nos muere.

—¡Ah! Es verdad entonces.

Acababa de entrar quien había sido la segunda esposa. La misma cuyo único reproche a ese hombre fue, cuando supo que se casaría una tercera vez, aquella manía por el matrimonio.

—¿No puedes acaso vivir en pareja y de manera feliz? Ya sabes lo que va a pasar.

Esas palabras fueron dichas décadas atrás y sin embargo en la mente concentrada del viejo resonaban como si estuviesen siendo pronunciadas. En una arruga mínima de su comisura izquierda se acentuó la sonrisa. De ese lado se levantaba más su boca gloriosa cuando reía.

¿Quién sería la que hablaba? ¿Cuál de ellas habría vuelto? ¡Ah sí! Rosenda, por su voz. En un ardiente campo de su cerebro él mismo reía, aunque ese fuego hubiese estado quemándolo hace mucho tiempo. Claro que supo entonces lo que iba a pasar, y apretó violentamente los ojos, mientras su sonrisa parecía acentuarse.

Regresó a Italia, de donde saliera casi niño. Adquirió el extraño oficio de marino y de ingeniero. E inició el viaje a Rusia, desde donde se traería a Vera. Dorada y quizá un poco gruesa, con el pelo muy corto y excesivo maquillaje, cosa que no necesitaba con sus mejillas hermosas. Vera loca por él y él ansioso de retenerla, de seguir poseyéndola como durante la primera fiesta juntos. La que le dijera algo no escuchado:

—Entonces, vamos a casarnos y me voy contigo.

Vera fue encontrada en aquel invierno ruso y estuvo con él ansiosamente, viviendo en la cama como en una incesante primavera. Sus pezones, los pómulos, las orejas. ¡Ah! Vera. Vera que tres años después desapareció del puerto italiano, justo cuando él tenía que cumplir con sus viajes como ingeniero.

Recorrió países, gentes. Sólo pudo consolarse de la ausencia de Vera cuando volvió a Maracaibo. Aquí estaba el color esplendente, la mordaz caricia del aire, el encuentro inicial con la musical, gentil Rosenda, cuidadosa amante del licor.

Inmediatamente, cuando debió tomar la decisión, Da Nino ignoraba si seguía casado con aquel fantasma, con Vera, si ella aparecería y reclamaría algo. Ocultó su secreto y fue a la basílica amada por Rosenda, su nueva, morena, cordial mujer. La unión fue perfecta y larga. Hasta que un día ella sí le anunció:

—Ya no puedo seguir contigo. Eres demasiado bueno como esposo. Vamos a divorciarnos.

Lo había dicho Rosenda y él instintivamente se rió, rió durante una semana, solo, cada vez que recordaba la insólita expresión de ella. Cuando ella insistió, temió que se tratara de una mal sueño. Y le preguntó:

—¿Por qué?

—No lo sé bien, quizá sólo para irme.

Se separaron y lo hizo: Rosenda desaparecía también de su vida. Nunca más la vio hasta hoy, en caso de que sea ella quien ha entrado y murmura junto a su oído. Pero ya Da Nino estaba preparado: Vera había sido la alegría de esa adolescencia que se despide mil veces de nosotros; Rosenda trajo algo eléctrico, violento. Las había conquistado con su fuerza primitiva e inesperada.

—Papá es capaz de estar pensando algún chiste. Mira como ha movido la boca.

Entre los treinta y cinco y los cincuenta se casó dos veces más: el hombre alto y jovial sabía dar todo de sí y recibir los dones de aquellas mujeres incomparables. Nada los separaba durante años, excepto la necesidad de uno que otro largo viaje. En lo demás las seguía: la casa en el campo, los objetos, el auto, frecuentar las amistades de ellas, ser un tanto político como ellas. Hacerlas dichosas cada noche: cierto que no gustó nunca de la televisión, pero se entusiasmaba con el cine. Y sin embargo, un día cualquiera esas mujeres deliciosas, agudas, amadas, se iban. ¿A dónde? ¿Por qué? Nunca lo supo.

Regresó con alguna de las esposas al puerto italiano, desde donde viniera con su padre. Esta vez, junto a ella, atravesó la plenitud, como un giro más de las estaciones. Saboreando el mar del invierno, recorriendo el mar del verano.

Precisamente después de una de esas separaciones vino al lago y se quedó. Los ojos grandes y casi infantiles, el cuello tan liso y dúctil, esto vio en la joven mujer que le había respondido a un piropo suyo: "Cada día estoy más bella". Esa mujer de veinte años lo fijaría en este puerto. Volvió a casarse y entonces estrenó su rara edad de sesenta años. Recorrió los palmares de las orillas, las casitas coloradas, el dialecto gracioso. Y se rió muy adentro de sí mismo: de su pasado, de lo que, equívocamente, había considerado como la felicidad.

Con esta mujer tuvo los únicos hijos que deseó. Y aquí deben estar todos, lo presiente. Aunque vaya a morir dentro de un ratico o dentro de un mes, no tiene nada de que quejarse. Ellos están junto a él, se sabe cuidado. Todo hubiera resultado más fácil si en los últimos tres meses no hubieran decaído sus piernas, su voz, sus ojos. Ve poco pero escucha extraordinariamente bien. A menos que esos sonidos vengan de otro tiempo. Sea como sea, aprieta un poco la boca porque sin duda está escuchando la voz de su actual esposa y la de Rosenda, quizá por última vez.

—Ya lo sé, está pensando en algo cómico. Esa es la expresión que ponía.

—Es cierto, pasó la vida echando bromas.

—Algunos eran chistes muy amargos, ¿recuerdas?

—Sí, pero con él todo se volvía gracioso.

—Creo que se nos irá muy pronto, Rosenda. Y aún yo no he llegado a los cincuenta.

—Yo en cambio tengo ochenta y me siento muy bien. Si se muere pronto me sentiré como doblemente libre para enamorarme otra vez.

—No es momento para ironías ni cursilerías, Rosenda, pero ahora que se nos va me pregunto: ¿también se le ocurrirá casarse allá? ¿Con quién? ¿Por cuánto tiempo?

—Mira, mira, parece como si va a soltar una carcajada.

—¿Tú crees?

Tal vez: Da Nino acababa de morir.

Caracas, noviembre, 1998.

Las (no) estaciones

1

Nunca le importó dónde hubiera nacido, aunque uno de sus amantes celebrara una vez: "¡En el país más civilizado del mundo!". No replicó: ¿era posible que existiera eso a mediados del siglo XXI?

Porque sólo en este país había estado su mundo: familiares, amigos, colegas; los paisajes y tradiciones contrastantes, las agrupaciones políticas más perversas o feroces y zonas de olvido total. Le constaba carnalmente: había vivido a orillas del mar, en playas hirvientes; en pequeñas ciudades de clima asfixiante y brisa cálida; en las llanuras húmedas, en grandes poblaciones cobijadas por la nieve. En aldeas de arena y rocas donde no llovía, sobre callejuelas que se desplazaban en los ríos. Era de aquí y, aparte de su piel clara -apenas diferente de la de tantos lugareños-, nadie le hubiera atribuido otro origen.

Quizá por eso lograría ver las estancias de su vida como una continuidad, como si aquellos sitios y las experiencias allí recogidas no hubieran sido estaciones algunas.

La ensenada parece serena; un barco inmenso se prepara para zarpar, ella lo sabe por el movimiento de sus pequeñísimos marineros. La tarde avanza lentamente. Mekora o Juaneida está en el balcón y recoge con calma sus cabellos. De estatura regular y aún hermosa, como sin edad, aunque ella se sabe ya vieja. El mar a sus pies, el traje de color fuerte y liviano, los objetos y los ordenados archivos que se acumulan en la sala; el control electrónico de escritura que acaba de colocar sobre la mesita, donde también hay flores, agua y té: ¿no son los atributos de una emperatriz o de un rey que se ha retirado? Ligia descansa en la otra habitación.

Precisamente, su infancia transcurrió en una límpida ciudad de eterna niebla. Las casas adustas, fuertes, debían proteger de las noches heladas. Sus padres la llevaban hacia las caídas de aguas transparentes, rodeadas de bosques y de árboles que amó siempre: los cínaros, distinguidos, como hilos. Era una niña independiente, aunque tal vez esa actitud de rápidas decisiones correspondiera a una manera de ocultar sus muchos temores: a la noche, a las distancias, a los adultos desconocidos.

Frente a su casa vivía Alonso con sus hermanas: él, un chico de diez, la mayor de once y tres pequeñas. Ella y él iban juntos a la escuela; la hermanita grande estaba fuera con frecuencia. Pero por las tardes jugaban todos sobre la calzada alta y siempre recién barrida. En una ocasión, estando sola ante la gran pantalla, Alonso entró a su casa. ¿Puede recordarlo bien? Para ser tan niño, había ya una leve pelusa sobre sus labios enrojecidos. La mirada parecía transmitir algo que Juaneida no reconocía y no le quedó más remedio que mirarlo también así, como si agudizara las pupilas. ¿Cuánto duró aquel encuentro? Oyeron las voces de gente que venía y la niña tomó la mano de él y lo llevó a la puerta, donde los padres saludaron riendo.

Eso bastó, sin embargo, para que ella, Mekora o Juaneida, comenzara a esperar, durante las tardes en que quedaba aislada frente a la pantalla, el toque en la puerta, la aparición de Alonso y, sobre todo, su mirada. La verdad es que el chico volvió no únicamente cuando estaba sola y en ocasiones acompañado por sus hermanas pequeñas; y que jugaron con alegría sobre la alta acera, pero en vano la niña trató de rescatar aquello que había encontrado en los ojos de Alonso.

Una vez estuvo a punto de preguntar a su madre, pero creyó que se reiría. Fue una compañerita de la escuela quien le dijo:

—Estás enamorada de Alonso.

Ella se disgustó y desde ese instante puso su voluntad en no imaginar nada.

Claro está que no tenía noción de los meses; por eso cuanto le parecía un confuso y lento acumular de paseos, fiestas, clases, horas de dormir, de repente quedó sintetizado en unos raros segundos. Alonso, quien sólo era el compañerito de la escuela, vino a verla una mañana para anunciarle que cumplía once años y que, a las tres de la tarde, del otro lado de la calle, tendrían una fiesta.

El había crecido (ella también); y aunque se veían todos los días, calculó que tenían mucho tiempo separados: los brazos de Alonso parecían duros, la boca era más firme y roja y, mientras le hablaba, ella encontró en sus ojos la mirada de antes.

Sus padres estaban presentes y accedieron con naturalidad. Juaneida lo acompañó a la puerta y en la calle tomó su mano, observó sus ojos, él retrocedió un poco, sorprendido, y entonces comprendió que ella quería darle un beso por su cumpleaños. Se inclinó, tiempo suficiente para que ella bebiera aquel brillo extraño y lo guardara para siempre.

Las manos de la mujer vacilan dentro de su cabellera; recoge y suelta. Se dice que eso pudiera ser lo que le falta ahora: el impulso sin nombre; aunque tampoco es cierto, sigue deseando con la ceguera del instinto. En cierto modo, la hermosa Ligia lo confirma. Pero tal vez ahora sabe que desea.

En aquellos años, no. Poco después del cumpleaños, ella misma trajo a Alonso al jardín de su casa. Que en realidad sólo eran rosales y algunos árboles unidos por trepadoras. Estuvieron unos momentos con el perro; la cocinera andaba por algún lugar y su madre dormía. La niebla era luz pura. Y de pronto él levantó la manga de su short: una leve hierba oscura rodeaba al pequeño pene erecto.

¿Cómo puede hacer tanto tiempo desde ese instante, si ella reconoce aún los más mínimos detalles, un lunar, por ejemplo? ¿O fue que volvió a ver todo después, en medio del placer y la ternura?

Alonso salió a la capital; los negocios de su padre. Ella ingresó más tarde a la universidad y concluyó su primera profesión, que abandonaría gradualmente por la otra. Se casó con él a los veinte años y en seguida vinieron sus dos hijos.

Alonso, exitoso y sano, quiso dedicarse a la política. Nadie como él para mirar su cuerpo: durante años, en cada encuentro amoroso, la acariciaba palpando: su cabeza, los hombros, la cintura, las nalgas. Era ella quien lo besaba sin parar. Y entonces él recorría su piel, como si un lenguaje único saltara desde ella: las axilas, las orejas; abría sus nalgas, los pliegues húmedos del sexo. Dirige el pene tenso que ella sostiene, posándolo sobre aquello que los ojos absorbían. Hasta la cópula ágil, absoluta.

Los hijos fueron siempre un imán para su ternura, eran Alonso y ella fundidos. Juaneida nunca hubiera atendido a otro ser. Pero el esposo comenzó a alejarse por sus giras políticas. Tenía que abandonar la ciudad nevada para recorrer aldeas de la cordillera. Comenzó por ausentarse durante dos días, después por una semana. Aunque se comunicaban a diario y varias veces en la jornada, hubo viajes de un mes.

La mujer comenzaba a sentir que algo en su profesión no la complacía; trabajaba con rectitud, los niños crecían. Sus padres, los amigos de Alonso, las hermanas, compañeros del Ministerio, elogiaban sus tareas. Pero ella adivinaba que así no podría continuar siempre. Iba a tener veintiséis años, ¿valía la pena envejecer de esta manera?

Justo entonces el Ministerio abrió una nueva dependencia y apareció Víctor. Blanco, de pelo liso, un poco relleno y siempre dispuesto a bromear. Ella fue la encargada de recibirlo en el aeropuerto, de introducirlo al día siguiente en las oficinas. En seguida captó que no estaban muy claras las funciones del nuevo directivo. Estudios sociales, sí, pero nada práctico; investigaciones sobre castas, familias, estilos antiguos de gobierno, ¿para qué, si todo eso estaba hecho? Nada dijo, pero el entusiasmo de Víctor, como si realmente dispusiera de objetivos firmes, la atrajo. ¿Y si ella, con instrumentación, con equipos, realizara un estudio de las razones -geográficas, económicas, religiosas- que fijaban a los pobladores en una región? Partir desde su propia ciudad, descender por las montañas...

En secreto volvió a la universidad. La desalentó lo rígido de cada pensum. ¿Y si ella inventara una profesión? ¿Si pudiera combinar estudios de filosofía con antropología? Tampoco sabía exactamente qué querría. Pero para no echarse atrás, inscribió algunas materias.

Invitó a Víctor a su casa. Alonso estaba fuera; los niños dormían temprano. En cierto modo, el hombre traía su humor rápido y un aire de novedades. Conversaron sobre los recursos de informática para los métodos de Víctor.

De pronto hubo algo en el tono suyo, que ella advirtió en seguida: el hombre estaba confundiendo aquel encuentro profesional con algo más. ¿Tenía razón? ¿Por qué no? ¿No podía acaso ella mirar, como lo hacía Alonso? Cuando con gesto firme él tomó su mano, ella apretó los dedos también.

Víctor resultó apresurado y tímido; apagó la luz cuando entraron a su cuarto y ella lo dejó hacer. Pero para la segunda vez, iluminó el ambiente y con atento deleite fue recorriendo el sólido cuerpo. Un placer ambicioso la envolvía: los gruesos atributos de Víctor la sorprendían y fascinaban. ¿Era posible que tras la ropa no se notara nada?

Desde el día siguiente él captó que aquello sólo podría volver a ocurrir por milagro. Ella no fue descortés, pero si controlada, cordial y ajena.

Y desde entonces Juaneida comenzaría a tener una curiosidad nunca antes concebible o tardía: ¿cómo eran todos los hombres que se le acercaban -tras sus ropas y sus gestos? ¿O, mejor dicho, cómo eran aquéllos que la atraían?

Si la relación con Víctor no fue crecientemente íntima en cambio determinó un giro profundo en su vida: la idea de un doctorado en antropología, fuera de la ciudad.

Alonso no puso objeciones. Iría a verla con frecuencia. Y sus padres la acompañaron durante la nueva instalación. Los niños estaban felices.

¿Hace cincuenta años de todo eso?

Se asoma al otro cuarto y vislumbra a Ligia dormida. Se sirve el té y escucha, en la distancia de la bahía, la gruesa sirena del barco. Sobre la piedra pulida de la mesita el reflejo de su rostro. Tiene apenas las líneas marcadas de cualquiera. Lo demás son arrugas mínimas, finísimas, que no se observan al comienzo. Por eso su cara parece tersa.

Ojalá que sus hijos con sus esposas y los nietos no lleguen temprano. Le gustaría percibir la despedida del sol sola, como una reina antigua.

Ah! También el vínculo con Víctor desembocó en su cambio de nombre. Ya no sería Juaneida por un tiempo: el nuevo registro en la universidad se había equivocado.

Alonso, de muerte tan temprana, vino a verla muchas veces y el entendimiento fue total. Todo anunciaba para él un gran triunfo político, que se frustró. Después de meses, los padres regresaron a la ciudad de los nevados. Víctor acudió a consolarla y ella, aunque lo amaba y complació un poco, condujo su afecto hacia territorios profesionales. Un caballeroso investigador, refinado y agudo, coordinó su doctorado. Desnudo era de una belleza clásica. Y fue su compañero espléndido durante esos dos años.

A ella le fascinaba intuir que la inmensa ciudad debía ser un vibrante tejido, donde a cada segundo alguien se enlazaba con otra persona o donde justamente en este instante alguien se separa de un cuerpo.

Al final de un curso, hablando con el caballero clásico, advirtió que habían pasado diez años desde su primer matrimonio -que sería el único-. Ahora le correspondía un duro trabajo en la Gran Isla y terminar su Grado.

2

Aquella tarea parecía inocua. Y nunca supo a qué disciplina académica correspondía con exactitud, porque involucraba a muchas. El trabajo fue inmenso; ella elaboró las pautas, los cuestionarios; organizó y dirigió los equipos, los entrenó y debió ser la primera en penetrar a las comunidades. En verdad, la parte académica sería corta e instrumental. El resto -para el cual organismos internacionales y nacionales correrían con los gastos- podría tener un lapso no menor de dos años.

Parte del método consistía en confundirse con las poblaciones. Una prueba de adaptación, de actuación y de honda sinceridad.

Hoy, Mekora reconoce con satisfacción que aquellos estudios todavía son imprescindibles. Hasta el sabio A. Morenus los elogió. Aunque su núcleo era la comprensión de ciertas constantes familiares (tenían sujetos de casi cien años, la isla es famosa por la longevidad de sus habitantes) ella reconocía que la línea fuerte sería la demostración de una casi patológica y paradójica ausencia del padre, en más de doscientos años de historia.

La noche de su llegada a la Gran Isla, la noche anterior al inicio del trabajo, sería inolvidable y crucial. Por la mañana, Mekora fue instalada en una casa de la aldea, al norte. Pasó horas recorriendo los alrededores; el turismo hacía estragos: las radiantes playas cubiertas de desechos. Bajo el canto de las palmeras, gritos y estridencia. No conocía el lugar, pero las señales de un indetenible deterioro eran desconsoladoras.

Paseó frente a los grandes hoteles y las altaneras construcciones privadas. Era de noche cuando volvió a la casa asignada. Una familia simple y afectuosa. Le anunciaron que otra colega suya también dormiría en la habitación.

Mekora ignoraba a qué se referían. Estaba cansada y observó el cuarto pulcro, ordenadísimo. Para ser gente humilde, tenía un alto sentido del confort. ¿Efectos laterales del turismo?

Techos y paredes altas; una gran ventana, con hojas de cuatro partes, abierta hasta la mitad. Por allí venían la luz de la calle y el rumor del mar. Media ventana cerrada para que nadie pudiera ver desde afuera. Al lado, algo como un escritorio, un escaparate, una amplia hamaca recién lavada y, cerca de la ventana, una cama. Mekora supuso que podría elegir: la temperatura la llevó hacia aquélla. Pensó en sus hijos, en los padres. Se durmió profundamente.

3

Le pareció que hablaba sola y despertó con suavidad. No, no era ella. Había un olor intenso. Mantuvo los ojos cerrados; la hamaca se ajustaba a su cuerpo y la hacía sentir cómoda casi con rudeza. Entonces vio la parte superior de la ventana tan nítidamente recortada que parecía un espejo. Debía ser por efecto de la luna. Así permaneció unos instantes, hasta que el olor la hizo levantar la cabeza y miró la cama. De allí provenía: el resplandor azul de la ventana se movía en un hilo de humo. ¿Dónde estaba?

Se asomó por los hilos de la hamaca, sorprendida: una mujer desnuda aspiraba un poco de hierba. ¡Ah, sí! La isla, la otra que debía llegar. Observó su reloj. Más temprano de lo que imaginaba. Aún podría dormir. Pero la imagen entrevista la sacudió: tenía que volver a mirar esos senos sólidos, los muslos pulidos. ¿O se veían así por efecto de la luna?, se dijo, y quiso dormir.

Un pequeño ruido la hizo observar otra vez: la cama estaba moviéndose, venía hacia ella. Ya estaba debajo. Una reacción de asombro y comicidad la sacudió. ¿Qué era aquello? Se apartó el pelo y sacó el brazo. La otra mujer también: tendió una mano hacia arriba y tomó la suya. ¿Había Mekora presentido alguna vez algo así?

Respondió a aquella mano y saltó sobre la cama. El olor se diluía en otro, desafiante. Al cambiar de sitio y no reflejar directamente, la cama parecía disminuir la iluminación. La otra puso los dedos en su boca y ella lamió, chupó, como un niño; aquellos dedos tenían una tersura desconocida, se movían sobre su lengua y sus encías como si despertaran arenas mágicas.

Ella misma colaboró en quitar su ropa íntima; la mujer fue tocando cada milímetro de su piel y engrandeciéndolo; el aire de la ventana se agotaba y un calor inquieto las envolvía: fue entonces cuando la boca de la otra vino a la suya, cuando, oh sublime roce, los pezones se encontraron, girando unos sobre otros, despertando así un haz luminoso que recorría la espina dorsal, el vientre. Y, con sabiduría desconocida, ella se irguió y comió con su lengua el rostro de la otra, sus axilas; bordeó con sus senos la vulva de la otra, hundió los pezones hasta las más hondas tensiones y sintió como aquellos labios la apretaban. Y en un nuevo giro, los clítoris se frotaron como tensas flores, hasta el delirio.

Pudieran haber dormido algunas horas o unos minutos, despertaron al mismo tiempo, riendo. La mujer morena y espléndida se llamaba Oriaí. Era, en efecto, responsable de las tareas económicas con empresas nacionales y extranjeras -muchas de éstas activas en la Isla- que respaldaban el proyecto.

La cama, que debió ser hurtada o comprada así por equivocación, poseía rueditas en sus extremos. Un motivo más para reír.

4

Comienzan a encenderse pequeñas luces al otro lado de la bahía y el aire refresca. Mekora ha permanecido inclinada unos minutos y al levantar el torso contempla las ondas de la montaña a lo lejos, también un poco molesta siente la rigidez de su espalda; suspira. No duda de que se ha mantenido muy bien: camina, come con ligereza, logra ver bien de cerca; pero el tiempo se llevó su espíritu móvil, la soltura de sus articulaciones. El motivo de la pequeña reunión con sus hijos, las esposas y los nietos es la celebración en la intimidad de un honroso título que la universidad le ha otorgado.

Ellos no tardarán en llegar; traerán su calidez, vino, regalos. A lo lejos vislumbra la nave iluminada. Ligia insiste en pasar días con ella. Mekora ha sobrepasado los setenta años y le gusta vivir sola, aunque sus hijos también se las ingenian para acompañarla alternativamente. Se los agradece y le encanta. Lo mejor de su carácter fue relacionarse fácilmente con todos, a condición de que le permitieran, siempre, días enteros de soledad.

No, nada en su vida quedó fragmentado; los hechos fueron uniéndose como en un vasto tejido. O así lo creyó y lo cree ella. Las ciudades y las aldeas; los núcleos sociales, los circuitos profesionales o culturales: unos llevaban a otros y en cada área volvía a encontrar constantes.

Los seres amados habían sido extremos de una misma realidad u oposiciones de cuanto en el fondo termina resultando similar. ¿Cuántos fueron, en verdad? ¿Qué tiempo ocupó cada uno de ellos? Para esa faceta de su vida no tiene medidas, porque algunas personas fueron convergiendo cuando tal vez ya nada las relacionaba con ella o cuando alguien novísimo invadía su pensamiento. No, no eran estancias: un fluido enigmático que ajustaba los cuerpos y los pensamientos.

Los amó. Y se dejó amar por seres sólidos, algo violentos, inseguros, posesivos, distantes: un raro fulgor que completaba sus deseos, su soledad, su exceso emotivo.

Cuando conoció a Oriaí vislumbró los cambios que la esperaban. Dio todo y comprendió que también debía recoger lo dado, sin herir, sin perturbar profundamente. Qué difícil. ¿Lo logró? La continuada cercanía -aunque ya no hubiese pasión- de esas personas, podrían indicar que supo moverse dentro de las oleadas emotivas.

No fueron muchos. ¿Cinco, siete años juntos, en cada ocasión? Alonso, Víctor y el caballero clásico durante los comienzos. Oriaí exclusivamente por muchos años. Luego Antonio y Rodrigo casi al mismo tiempo. Y Estela, la muy dulce de inmensos ojos aguamarina. El moreno Gregorio, de pecho plano como una baraja. Sus últimos años son, decididamente, para Ligia.

5

Tal vez, tal vez las estaciones -como el verano y las lluvias- sí existieron, se dice ahora: durante los años en que amaba a un hombre ni siquiera imaginaba que otra mujer pudiera acercarse eróticamente. Y a la inversa. Había sido rígida, ¿no? Quizá porque asumía la relación como algo absoluto o porque su cuerpo (¿su cuerpo?) olvidaba lo demás, lo volvía inconcebible. O porque el amor sólo necesita a dos.

Alguien dejó de ser visto por uno de sus cambios de domicilio, aunque todavía puedan llamarse. Otra modificó su estilo de vida o sólo quería tenerla a ella. Los demás han muerto y sus historias viven en el pecho de Mekora.

Dos autos se detienen a la izquierda de su ventanal. Escucha su nombre, dicho desde abajo con alegría. Los hijos, otras personas. Ligia, deslumbrante, viene desde la otra habitación.

La noche como un polvo claro recorre el mar. El gran barco ha partido sin que ella lo viera.

Schoelcher, Isla de Martinique, agosto, 2005.

La mujer de la roca

(Juego narrativo)

1

Por su extrañeza hay que decirlo de la manera más sencilla: ese día, a la edad perfecta, la mujer movió la piedra hacia su casa.

Lo que debemos saber en seguida es que la distancia entre la casa y la montaña, de donde fue desprendida la roca, es de cien kilómetros. Y el macizo transportado, tan grande como una parte de la casa.

(Para continuar la historia, lo adelanto, necesito de ti).

2

¿Dónde encontrar el origen de ese gesto? ¿Cuál es su sentido? Mis sencillas notas tal vez no alcancen a explicar ambas cosas. Pero en cuanto a los hechos: ella había pasado un año antes, por azar, frente al lugar. Era inevitable que ocurriese así, porque la carretera no permite hacer otra cosa: debíamos haber atravesado esa ruta mil veces. (¿Por qué todo lo hizo, precisamente, ella -y no alguno de nosotros-?)

3

Este mar no admite comparaciones: surge a derecha e izquierda como una vibración poderosa: azules jamás pensados se turnan, contrastan como si no fueran azules. En la distancia infinita son espumas o brumas; frente a nosotros, abajo, un diluvio de luz. La roja carretera y los arbustos chocan contra un fondo inmortal de turquesa.

Las montañas son las costas de Oriente y el mar Caribe ese plano absorbente que las ciñe. En el centro de las bahías crece la ciudad, tan actual que casi lastima. Playas, edificios, anuncios, autopistas, gente agitada. Tales son los elementos que rodean la casa de la mujer, a donde fue traída la piedra gigantesca.

Hace apenas unos años la ciudad era casi una aldea. Y la casa estaba solitaria, aislada. Tal vez por eso resulte amplio, acogedor, su patio e inmenso el jardín lleno de palmeras.

4

Ella había trabajado en diversos oficios, y asegurado su situación. Aún ahora acepta tareas por tiempo prudencial. Educó a sus hijos. Se casó dos veces y amó mucho, en ésas y otras ocasiones. Práctica para la vida cotidiana, también hizo estudios profesionales, y se rodea tanto de antiguos pescadores como de intelectuales y gente de empresas. Goza singularmente sus horas de soledad.

Es una mujer de estatura regular, de negro pelo y sonrisa marcada. Cocina cosas exquisitas. Cuando bebe una cerveza lo hace con unción. Atiende y resuelve mil detalles útiles para la comunidad inmediata.

Su persona y su casa están labradas por un incesante resplandor.

5

¿Qué determinó el traslado? ¿Fue la impresión contundente de la roca, con su rojiza fuerza? ¿O el vacío acogedor de la casa, del jardín?

Ella nunca se preguntó cómo podría colocar ese inmenso bloque de silente masa milenaria allí. Cuando afrontó el hecho, supo que debía romper una esquina, dos paredes y la puerta de un lado.

No reducir la casa sino tumbar para dar paso, y luego reconstruir. No había otra manera de colocar la piedra. Y en ese momento ya las grúas iban a sostener en el aire la roca traída de tan lejos.

En medio del proceso no se preguntó por qué debía acercar aquella tierra tan antigua a su patio ni qué ventaja obtendría con ello. El impulso de colocarla junto a sí, junto a sus pasos y su mirada, había sido absoluto.

6

Un día antes, allá en la carretera, hubo que detener el tráfico y mostrar la orden oficial para el traslado. Aquella arista de la montaña no pertenecía a nadie, carecía de valor y hasta parecía molestar la visibilidad de los choferes cerca de la curva.

El fiscal, uniformado y sudoroso, no comprendió muy bien de qué se trataba, pero permitió seguir, y hasta colaboró: los autos fueron desviados, se les dejó pasar de uno en uno, al borde del precipicio, mientras la máquina arrancaba el trozo de montaña.

En principio, la roca no se diferenciaba mucho. Era un ángulo más del cerro: bermejo, tatuado, con pliegues prehistóricos, manchas claras y oscuras, sombras de trilobites. En un momento, bajo el sol, brilló como un escudo gigantesco de indescifrables inscripciones. ¿Es que la mujer quería aprisionar, poseer una rebanada de tiempo concretada en la masa? ¿Sentir que respiraba aún lo tenebroso que millones de años concentraban en la pulpa magenta?

Pero a medida que la pala mecánica, operando suavemente, aunque con calculada violencia, extraía, arrancaba la roca, ésta mostraba sus contornos, su cuerpo imponente, su inclinación peligrosa. Sin embargo, los hombres, con cascos y guantes, dirigieron sutilmente el tremendo brazo metálico, y ella se desprendía en silencio, arrojando arena, terrones, vegetación, polvo. Algo emergía, desde los secretos milenarios, y ese algo es la piedra pura, certera como un destino.

7

Aquel día el barrio se excitó. Jóvenes y viejos, curiosos y transeúntes quedaron inmovilizados alrededor del sitio, observando las extrañas maniobras y la colocación del objeto.

Después la grúa y todos se fueron. Y sin embargo, el incidente de romper un poco la pared, de hacer cosas súbitas, no permitieron a la mujer el goce de la ceremonia. Esa misma tarde aplanó la tierra, girando con atención alrededor de la roca.

Tres días después ya había más orden, y llovió largamente. La tierra húmeda se acomodó de manera natural, y hasta unos precoces asomos de hierbas dieron su tono habitual entre la arena y las grietas. Sólo a partir de entonces la mujer descansó o se concentró en el hecho de haber cumplido su deseo.

Había vivido en un mundo acentuado por el mar; olas y colores crearon allí la continuidad entre los cielos y el agua. Y a veces el mar parecía subir, trepar sobre la ciudad y arropar las montañas. Esto podía ocurrir en los días de lluvia o durante algunos atardeceres brumosos. Pero ella sabía perfectamente que nada puede vencer el torso fiero de la cordillera, que la tierra también es infinita desde las costas hacia el sur. En medio de esa armoniosa oposición, la ciudad brilla delicadamente y transpira torpeza o rencor, pero también felicidad. A ella le ha correspondido la perfección, sólo tiene que vivir lo salvaje, lo espontáneo de su propia existencia, y ordenarlo de vez en cuando, como al deseo. Tal es la pregunta que tengo, a la vez que formulo otra: ¿por qué habré elegido esta historia para contarla?

8

Ese año, cuando tomó la decisión (o cuando se produjo el definitivo encantamiento con el sitio), la mujer comentó su idea con un buen amigo suyo. Era tan inocente su deseo por aquella tierra (¿sabe alguien realmente de esto?) que, después de cuatro cervezas, el amigo se vio obligado a puntualizar: "Está bien, viniste a hablarme, pero terminarás haciendo lo que quieras. Sin embargo, tú recuerdas, ¿no?, tú sabes lo que ocurrió hace tiempo en esas lomas. Allá, tal vez exactamente encima de la cresta que quieres llevar a tu casa, asesinaron una noche a aquel hombre. Su pecho y sus testículos fueron aplastados allí. Nadie hubiera podido notar su sangre junto a las manchas del terreno. Tal vez no murió en ese lugar, pero ahí lo desangraron. Y luego la misma gente del gobierno lo llevó al mar, le pusieron pedazos de piedra atados a los pies, y lo arrojaron. No se imaginaron que unos pescadores lo encontrarían después y que todavía hoy se comenta esa historia. Tú sabes esto. No quiero dañar la pureza o lo poético de tu gesto. Pero..."

—Qué dolor. Pero mi roca nada tiene que ver con eso —respondió.

9

El tiempo ha pasado y en la casa con su amplio patio nada parece haber cambiado. La mujer misma cumple de nuevo con su actividad de siempre. Y sin embargo, no sólo porque la gran roca vibra en el centro del jardín, o por el suceso de su traslado desde la distancia hasta aquí, y aun porque ese gesto irradia un especial sentido del deseo o de la voluntad, debemos creer que todo ha cambiado, y que la mujer es de algún modo un ser distinto. ¿Cómo?

Tal es la pregunta que tengo, a la vez que formulo otra: ¿por qué habré elegido esta historia para contarla?

Sep. 30- Oct. 1, 1996.

La mujer porosa

Para Igor Colina

*...da qui sera filtrano verso l'alto una luce opaca
e una musica tenue... L'architettura é porosa come questa roccia.*

W. Benjamín

La calle más ruidosa del mundo, aunque tal vez también lo sea toda la ciudad. En un mismo segundo decenas de automóviles, detenidos o endiabladamente rápidos, hacen sonar sin motivo aparente sus bocinas. Y eso que ha cerrado la más externa hoja de la ventana: madera en verde oscuro; y la siguiente de hierro con grandes cristales y la otra, pintada de blanco. Se le ocurre también cerrar la cortina color tierra. No lo hace porque quedaría dentro de la densa oscuridad de esta primavera con su lluvia dura.

Había pedido poco antes al mozo una manzanilla y ahora la coloca sobre la mesita más próxima, dispuesta a beber y a descansar. La habitación es moderna y el servicio impecable. Una cama grande, el baño eficaz, lámparas.

Allí sentada y a punto de levantar la taza, la mujer observa casi con humor cómo de repente, muy cerca de ella, los bordes de la sábana y del edredón se agitan por instantes. Tiene la loca idea de que la cama posee una parte separada de la otra, y que por eso las patas más cercanas se levantan brevemente y que el mueble ejecuta algo como un leve caderazo. ¿Ha ocurrido? ¿Sucedió en silencio o el ruido de las bocinas y los trenes impidieron escuchar algún crujido? Por poco la risa se le convierte en gesto de susto. Debió ser un efecto de sus ojos, del cansancio por la caminata.

La mujer puede tener cuarenta y seis años, es menuda y de un rubio quemado; el pelo liso va recogido y el rostro produce una falsa impresión de estrechez, porque se hunde un poco en la región de los ojos, esos ojos verde-violeta, penetrantes y suaves.

Ha vivido en la ciudad; pero hoy está de paso. Llegó ayer y mañana proseguirá hacia el pequeño poblado donde la espera su esposo. Anunció que llegaría ese día, precisando apenas el tren. Quería tener libertad para ingresar sin que él pudiese ayudarla en este cambio de un continente a otro. Ya América se borra (o la recuperará después); por ahora la invadían los cornetazos, los gritos, el idioma fuerte, el temperamento abierto: todo lo conocido. Eligió este hotel cerca de la Estación Central por el práctico motivo de salir mañana con rapidez y temprano. Recuerda muy bien cómo se tranca el tráfico aquí.

El edificio está bien conservado y actualizado, según comprobó ayer al cenar. Había llegado poco antes del mediodía; no quiso descansar del largo vuelo y caminó por las callejuelas, gozando el reencuentro. Tras las fachadas todo anunciaba al mar, al puerto y al golfo tan celebrado en canciones populares. Esas mismas canciones que escuchó resonar ayer en una taberna cerca del muelle y que de algún modo la han asaltado en cualquier lugar del mundo donde esté.

Durante la caminata se detuvo a beber un refresco cerca de alguna placita. ¡Cómo evocaba este lugar en su ausencia! Dos años afuera, y tantos habiendo vivido en el pueblecito con su esposo, la conducían imaginariamente con frecuencia a este rincón.

Entró con seguridad, y más bien pidió agua. Iba a beber volteándose hacia la calle, cuando el vendedor le dijo:

—Yo la conozco. Esos ojos...

También ella lo miró y, en efecto, era el mismo mozo de su infancia, aunque ahora con canas y un poco gordo.

—Son los mismos ojos. Recuerdo que usted venía a diario, debía vivir muy cerca, era tan pequeña que no alcanzaba el borde del mostrador, y pedía un helado... Siempre le faltaba algo para completar el precio.

Ella sonríe, levemente ruborizada, feliz de haber sido identificada y sorprendida -¡era tan niña!- de no haber sabido que pagaba con menos dinero. Sin embargo este hombre le entregaba el helado solicitado.

Y con un recuerdo vino la otra imagen. Sí. Era aquí mismo, junto a la puerta y la escalera donde estaban siempre, muy próximas, dos figuras hermosas. Un chico y una muchacha. La miraban en silencio, sin sonreír, aunque tal vez no la miraban. ¿Durante cuántos meses los vio allí, bellos y distantes?

Pero una vez a la niñita con el helado se le ocurrió preguntar:

—¿Ustedes son hermanos?

Y nunca más los vio.

Acá, bebiendo la manzanilla, se sobresalta porque percibe de nuevo que la cama y la mesa se estremecen por segundos ruidosamente. A pesar del tamizado escándalo exterior, no hay dudas de que ha sentido la breve conmoción. No se inquieta, la imagen de ayer, del encuentro con el hombre del helado parece tan lejana como su propia infancia. Esa calma tal vez indique que en tan pocas horas ya ha ingresado definitivamente a su ciudad. La manzanilla también la conduce a su madre: si hubiera agregado una gota de vino el efecto sería perfecto.

En sus últimos años la mamá adquirió esa costumbre, una gota apenas en la taza de manzanilla. Hace diez años que murió y sin embargo no se ausenta. En vida de ella, sus relaciones no fueron completamente armoniosas; con objetividad diría hoy que tuvieron demasiados conflictos, tal vez debidos al fuerte (y distraído) temperamento de ambas. Había intuido cuando se acercaba el último tiempo de su madre y la trajo a vivir consigo. La mimó, la distrajo, la cuidó con esencial esmero. Su madre -sin decirlo- no hallaba cómo agradecer aquella solicitud, un tanto inmerecida. Llegado el momento del ataque final, el médico auguró unos meses de cama. Ella supo que no, que su madre partiría un día después, sin causar molestias. Y así fue.

Desde entonces, desde hace diez años, su madre la conduce hacia sitios y situaciones que de algún modo, en vida, le había recomendado. Desde entonces detecta en el tejido de lo diario cómo su madre va sugiriendo los lugares a donde debe ir, los trabajos que debe aceptar. Su amiga más íntima -la única a quien confesó estos itinerarios- se ríe casi con descaro. Pero ella los cumple.

Por eso había ido a América, tierra a la cual su madre deseó largamente; por eso ingresó al país desde este puerto: un poco antes de su regreso, soñando se vio junto a su madre, en los alrededores del golfo. Y era eso lo que no quiso explicar a su esposo. Lo ama, lo amará, no hay compañía como la suya y sin embargo no podría explicar su manera de volver.

Su marido es tan hermoso, ha sido tan completa la vida juntos, pero tampoco hubiera podido comprender por qué se fue sola a América. El venía de la ciudad estética y noble; aquélla de verdaderos palacios y plazas sin árboles, iluminadas por arcos que son como un oleaje. De la sobria ciudad primaveral y caballeresca en que el genio del hombre había concentrado el arte. Tal vez de ello conservara él un tono cuidadoso al hablar, la dicción nítida, como una extensión de sus bigotes y su pelo rubio. Su profesión de médico lo había llevado a diversas partes del país, hasta que se casaron y terminaron por arraigar en ese pueblo equidistante de los orígenes de ambos, al cual arribará mañana. En él pervivía una conjugación del Masaccio: era como un personaje arrojado del paraíso, pero fresco en su destino.

La mujer abandonó la taza; buscó un suéter y al abrir la ventana se asombró de cómo el cielo volvía a estar instantáneamente claro. La lluvia de primavera apenas dejaba huellas. El ruido seguía siendo infernal.

Decidió emprender otra caminata que la dejara ver el mar y alguna torre del castillo levantado donde siglos antes Virgilio alucinara. Pero no avanzó mucho. Su oficio de crítica literaria la había tornado muy sensible a las palabras comunes y a los significados extraños. Se detuvo, escuchando o leyendo avisos. De repente no entendía nada. Una vez su esposo le había preguntado:

—Si yo fuera poeta o novelista y te entregara mis obras antes de publicarlas, qué dirías.

Sonrió, lo acarició sin contestar, dejó que la pregunta germinara en su espíritu por años. En efecto, si además de amarse y vivir juntos, de cocinar, bañarse, entregarse, tuvieran que compartir la escritura de él, ¿cómo podría reaccionar ella?

Volvió al hotel porque creyó que llovería de nuevo; vio el horario del tren en su boleto; no resistió mucho rato la televisión. Se sentía a la vez densa y liviana. Adormecida, llamó al marido.

—Estoy muy cerca, espérame en la estación mañana a las diez.

Y quiso dormir. Seguramente al principio lo logró con espesor. O tal vez ya llevaba horas de sueño. De repente sintió como si un nervio, rápido y central, atravesara la cama desde la almohada a los pies; pensó que había cambiado de posición. Los lejanos cornetazos seguían sonando como en la tarde.

A la calma siguió otra sacudida: el lecho estaba dividiéndose: una grieta quieta hacia la cabecera y vacilaciones, estremecimientos en los pies. Se encogió como indefensa. Podía haber despertado.

Entonces sintió que la ventana se abría violentamente. El cielo estaba rojo y un grito unánime unía las bocinas de los autos. Desde distancias estelares venía el fuego líquido y verde; el humo brillante como brasas. Sólo así recordó: ¡el volcán! Desde los siglos y desde la inmensidad, el volcán dirigía su poder contra la ciudad y el mar. Pero estamos demasiado distantes, quiso decirse, y trató de saltar. Algo la paralizaba, algo como una extraña conciencia que ridiculizaba o disminuía todo aquello. ¿En esto -en lo posible- se convertía la lava de siglos antes?

Pronto olvidó todo. La rodeó el oscuro compás de la habitación, que ondulaba y un silencio. Dónde estaba. En el hotel. ¿Había caído de la cama? Percibió su cuello, muy alto y tenso, por el esfuerzo de sostenerse, como si la cama se hubiera partido bajo ella.

Abrió los ojos. La penumbra del amanecer volvía a traer orden. Sin embargo, advierte cómo bajo su cuerpo las dos partes de la cama, vivientes, se elevan y se juntan para permitirle amanecer.

1993.

Uno

1

Afuera la corte de ministros, secretarios, negociantes, diplomáticos, generales. En su vasto despacho, solitario por unos instantes, alguien -cosa rara- observa la pantalla, siempre encendida. Normalmente es él quien luce desde ella. Ha tenido el impulso de captar la noticia de manera directa; de no perder el último placer que obtendrá del caso: transmiten la muerte del campesino que ha desafiado su poder con una huelga de hambre. Casi un esqueleto, aquel hombre antes fornido, se volvió una paradoja para la grandeza del mandatario. Lo sacan del hospital y familiares, amigos, una verdadera multitud, según permite vislumbrar la cámara, lo recibe.

Este alguien va a dar la señal cotidiana para que entren todos y repetir sus vacías menudencias. Espera unos segundos, golpea con dureza el escritorio. Es completa su satisfacción.

2

Como siempre, siguió el impulso: el viento mueve con suavidad los árboles y el sonido de las hojas acaricia. El mundo es un cambiante volumen verde que surge desde la tierra y ofrece su tacto al cuerpo. También el sol hace crecer los pectorales, las verijas, todo. El muchacho ha corrido desde su casa hacia el boscaje intenso. Sudan el pecho y las axilas. Se detiene entre la fronda bajo el gigantesco algarrobo. Pero esta vez apenas tiene tiempo de mirar la luz filtrada en la altura. Abre la braqueta y con sólo un leve movimiento alcanza el orgasmo que lo maravilla, lo estremece, lo entrega. Ha flotado por segundos pero ya la tierra fresca, la amante milenaria, lo acoge de nuevo.

3

Igual que su padre nunca se ha movido del pueblo, tan próximo a las pequeñas montañas de roca roja como a la sinuosa cercanía del mar. A medias pescadores y a medias vendedores de frutas, traídas por otros campesinos desde montes lejanos, él y sus hermanos viven a diario la experiencia del trabajo y de asistir a la pequeña escuela, como lo han exigido sus padres.

Por eso, pasados los años, a nadie extraña que, mientras sus hermanos ya van estableciendo familias propias, él haya elegido partir a la gran ciudad para estudiar en una universidad. De acuerdo con el padre realizará cursos para desarrollar un viejo proyecto: adquirir aquellas tierras que marcan el límite de la población y cosechar y producir, para el bien de la localidad, para mejorar la vida familiar, pero con métodos actuales.

Estuvo ausente por algunos años, volviendo sólo en vacaciones. Logró su profesión sin dejar de trabajar; también la compañía de una esposa fresca y decidida a cultivar la tierra. Se han cuidado de tener hijos y en cinco años, ahorrando sin cesar, pueden solicitar al banco un préstamo.

Las amadas hondonadas fértiles, el bosque de algarrobos, son ahora suyos. Un documento oficial lo garantiza. Y el proceso de siembra -calculados los ciclos, las estaciones de lluvia y sequía, la capacidad del suelo, las necesidades alimenticias de la región- desemboca en modestas ganancias, pero en posibilidad de trabajo para una decena de hombres y mujeres.

Con ellos él va compartiendo los resultados. Algunas nuevas casas en los alrededores muestran el apego y el éxito de todos.

En medio de ese equilibrio mueren sus viejos padres; alguno de sus hermanos también trabaja en las hectáreas verdes. Y su mujer ha resultado el alma de la colectividad.

Ya él no es aquel muchacho delgado de la pubertad. Sólido y grueso, como sus hermanos, extiende salud. Nunca sabe cuando le ocurrirá (y puede ser estando solo en casa, recorriendo los surcos sembrados junto a otros hombres o en medio del abrazo con que su mujer lo recibe) pero cada tantos meses regresa esa sensación, lo envuelve la clarísima impresión de que su cuerpo se anuda con la tierra y la vegetación, de que algo sale fuera de sí y acude a ellas, como en éxtasis, como placer innombrable, hasta dejar en silencio todo recuerdo. "Es, -trató una vez de explicarlo a su esposa- un vacío lleno de alegría, una circulación entre mi sangre y la de las matas, el verdor de la tierra hecho sangre".

Nada excepcional por otra parte, porque así como surge desaparece la emoción y ni un detalle de su conducta podría revelar a otros que ese vínculo adquiere consistencia. En ocasiones ni siquiera él mismo lo advirtió hasta que en la noche, cansado y ya dispuesto al reposo, comprende que horas antes se le atravesó la materia de su mundo en la cabeza. Y entonces puede sonreír o reír un poco, alentado.

4

Ahora surge un gobernante elegido -también por él- que ofrece cumplir sus promesas de justicia al país. Cuanto fue abandonado o descuidado en las décadas recientes se convierte en objetivo de novedad social. El país del petróleo estéril pasará a ser el de la igualdad y la riqueza útil. Marginales, etnias, obreros, campesinos serán la nueva flor del mundo.

Un vendaval de esperanza sacude a la sociedad.

Y el remoto agricultor se entusiasma al vislumbrar la posible recuperación de campos y pueblos olvidados. Comienza a trabajar con vecinos y a estimular en ellos acciones para obtener un desarrollo saludable.

Pero el alto gobierno hace un giro en sus perspectivas: en lugar de trabajo democrático y logros locales decreta rígidas y anticuadas leyes para absorber lo que debe ser independiente. La ambigua palabra "revolución" es tañida para fingir justicia y es el propio gobierno con sus ministros, con sus militares y todos los poderosos del partido quien subsume las posibilidades individuales de trabajo.

El bosque de los algarrobos y las tierras cultivadas pasan súbitamente a ser expropiadas: pertenecen de manera violenta a una demarcación voraz, mayor, que los incluye como parte de una inmensa posesión estatal.

Él conoce sus derechos y el valor de sus documentos legales. Y en el fondo el trabajo cumplido durante años no ha sido más que una manera libre de convertirlo en justa misión. Confiado acude al ministerio respectivo para reclamar y aclarar la situación. Es atendido con prontitud pero pasan las semanas y su caso sigue relegado. Acude a los nuevos dirigentes de la vasta extensión oficial dentro de la cual yace su territorio. Muchos de ellos fueron formados y entrenados por él para defender sus labores. Alguien lo escucha con atención y le promete intervenir. Otros lo miran con sarcasmo, como si apenas lo hubiesen conocido.

Asiste a la televisión y la prensa. En la medida en que su reclamo toma relevancia, el silencio o las burlas de los dirigentes gubernamentales aumentan. Con los meses avanza la desposesión: llegan grupos de gente que ignora la vida del campo, utilizan los productos ya recogidos o los dejan deteriorarse; son sustituidos por nuevos grupos, más desinteresados en el cultivo. En un año la ruina recorre los terrenos. Así como vinieron desaparecen los enviados. Van a ocupar otros lugares.

Cartas, un abogado, conversaciones con políticos, entrevistas: no hay solución. Y para colmo desde el poder se insinúa que el reclamante es un inadaptado, que padece de obsesiones y pudiera tener algún mal mental. Su mujer y algunos amigos lo acompañan en la compleja situación. Él solicita hablar con el presidente; no lo logra.

5

Aunque ha conservado su casa no puede recorrer su tierra ni el bosque cercano a ella. Gente armada lo vigila. Pero una madrugada escapa y atraviesa los montes. Muy lejos bate el mar y desde alguna carretera viene el rápido eco de gandolas y de música sucia. Sin embargo su oído se ajusta al invisible tejido de los pájaros: desde el menudo y agudo vibrar hasta el lánguido canto, bajo y duradero, como un trazo. La sombra palpita en ese rumor. Él se ha detenido bajo un tronco poderoso y se recuesta en sus raíces. Un cuerpo vegetal más dentro de la seca humedad. Creyó que su ansiedad provenía de la vigilancia que atenaza su casa y es así; de la impotencia ante el absurdo silencio contra su justo reclamo; de la simple y humana fe con que defiende su propiedad; creyó que escapar y correr ahora dentro del matorral lo calmaría. Pero a medida que se inclina un poco más y su cuerpo pasa del recio tronco al suelo, como si quisiera dormir en la tiniebla, su corazón se acelera: advierte que todo eso importa mucho, importa porque ha sido su destino, un destino hecho por sus manos, día a día; pero que lo más valioso y exigente está adherido a su cuerpo en este instante: la tierra misma.

Y comprenderlo empieza a serenarlo: por sus venas pasa el rumor de la noche; la tierra y el bosque respiran como él, con silenciosa expectativa. Se pertenecen más allá de cualquier otro mandato. Y entonces lo sabe: la tierra le pide su vida.

El momento es suyo pero también de todos los hombres como él.

6

Al amanecer dejó de beber y de comer. Con su abstinencia desafía los poderes, la ley de la revolución. No hay en su conducta delirio ni espectáculo: requiere la devolución de su territorio, la aplicación de justicia, la defensa de la dignidad. El país entero, con su habitual frivolidad, se entera de su demanda: para algunos es un mártir, para otros una caricatura televisiva. El jefe de la revolución también sigue las noticias del caso, pero nunca responderá, para éste es un simple campesino desleal que desobedece a su poder, lo reta. Y es necesario someterlo.

Después de meses y de mil humillantes horas, el hombre, prácticamente convertido en un lúcido esqueleto, muere de hambre.

7

El otro acaba de verlo por televisión y sonríe triunfante. Ya van a entrar al lujoso despacho sus cortesanos para cumplir con él una rutina más.

San Antonio de Píritu, 30-31 de octubre, 2011.

Rembrandt

Para Gladys Meneses

Saskia entró a la habitación. Todo como antes. Hasta el lento esplendor de junio se mantenía suspendido fuera de las ventanas, ya inficionado por el atardecer. Desde la penumbra reconoció su propio rostro, en el cuadro; allí él la acompañaba, vital, y reía levantando el licor. Alrededor había viejos grabados y dibujos: señales de una escritura que nunca comprendió por completo.

Ahora él está afuera, esperando que ella regrese. Saskia detenía la imagen contemplada en el lienzo sobre otras, también de sí misma, débiles y borrosas. Cielo untuoso de junio, impenetrable sobre las cosas, en la habitación. La muchacha evocó el rostro del médico, su mirada decisiva de la cual deriva este último día en la casa: hoy. La han rodeado con palabras que sugieren el regreso, pero Saskia está segura de que no habrá de volver. Sólo la muerte, se dice mientras toca la olvidada superficie de su retrato, induce a esta recuperación del tiempo, casi en concreciones del pensamiento. Ambos estaban ebrios cuando él inició el cuadro; ella acababa de entregarse, subyugada. Han vivido juntos, y él espera afuera para acompañarla al campo, a otra casa. Ninguno de los dos comentó la enfermedad, ella prefiere ese lenguaje que no admite equívocos, el silencio. Ni siquiera esta vez quiso que recorrieran juntos el salón.

Inesperadamente la noche se cumple. Las cosas en la habitación, el cielo dorado y ambos rostros -el de ella y el del retrato- se borran, sumergidos. Algo en su piel, dulce y ajeno, refiere para ella otra vez las horas del amor; pero Saskia carece de fuerzas para recordar. Solloza y, posiblemente, se desvanece.

Desde afuera, él escucha el grito y entra también en la cámara. En la penumbra distingue el rostro de Saskia, amorosa, que sonríe; desconcertante: va hacia ella y la acaricia: desgarrado, comprende que sus manos recorren las antiguas líneas del cuadro pintado por él. Saskia está sobre la alfombra, en la oscuridad.

1965.

Chicle de menta

Tomó por la calle más larga: aún había tiempo. La neblina del crepúsculo y la aparición de las casas -como sólo ocurre al final del año escolar- a través de las hojas transparentes confirmaron su alegría. Atardecer de junio, cristal verde en el parque. En el viejo teatro de Catia sería el acto; su madre se opuso a que él marchara anticipadamente, pero nada logró retenerlo en casa. Ya está tan cerca que quisiera devolverse y recomenzar la caminata. Frente al cine, algunos muchachos de la escuela, de otros cursos. Él pasa sin verlos y de pronto regresa y se instala cerca de la puerta.

Aparecen algunas niñas acompañadas por hermanos y madres. Inesperadamente una sombra violeta desciende del autobús que acaba de estacionar: vienen monjas y alumnas invitadas. Algo, el viento tal vez, borra los árboles y los cuerpos de lienzos morados lo rodean, impregnan el espacio de sonidos y risas frágiles. Una fila de niñas se abre entre las religiosas; él olvida la presencia de los otros compañeros y las observa entrar al cine, repartirse en las butacas. Algunas estudiantes siguen, solas, hacia el escenario; allá desaparecen en la penumbra.

Giovanni mira de nuevo hacia la calle: el sol enrojecido por la niebla lo deslumbra. Siente que ha quedado ciego por un instante: no hay nada delante ni tras de sí. Introduce la mano en el bolsillo e inclina el rostro: aún no viene su madre, y casi es la hora. La confusa imagen de las muchachas rodeadas por los hábitos oscuros lo inquieta. ¿Quién es?

Ahora sí comienzan a aparecer alumnos de su propio grado, pero no quiere hablar con ellos. Es el final de la primaria; Giovanni irá al Liceo: tiene otro cuerpo y otra manera de ser. Esa alegría es incompartible, dudosa y ajena al mismo tiempo. El no sabe lo que va a ocurrir dentro de poco y, sin embargo, lo sabe: ¿Comprendes, Luis Alberto, lo que quiero hacerte pensar? Tú me has relatado esa experiencia -tu primera interrupción del amor- y yo invento a Giovanni, para trasladarla al futuro, para que creas que habrás de vivirla: y en verdad, había ocurrido.

La madre de Giovanni llega retrasada; ya el muchacho de doce años ha visto los juegos de títeres y escuchó los poemas recitados por niños muy pequeños. Viene el momento en que actuarán las alumnas invitadas por su Colegio; poco antes dos monjas han subido a los cuartos que están detrás del telón. Desde luego, Giovanni permanece en primera fila, exactamente donde su madre no podría hallarlo. El telón rojo vibra y una monja -dulce, realmente sagrada al surgir de esos dos colores fuertes- anuncia esta vez: «Un vals de Tchaikovsky, por alumnas del 2° año».

Tú puedes confrontar, Luis Alberto, la fidelidad entre la historia contada por ti y lo que estoy diciendo. Nada se ha alterado, sabes que nada cambiaré. Eres la única persona que puede trastocar algún detalle: pero hazlo en seguida; cuando haya escrito tu propia narración, quedaremos fuera de ella, no podremos hacer contacto con su circulación interna.

Lo importante es que tanto tú como Giovanni sabían que Alicia estaba ya en el cine, tras el escenario. No lo sabías realmente: porque no lograste recordar su cara mientras estabas parado cerca de la entrada y porque aún la memoria carecía de elementos concretos con los cuales operar. Pero tú mismo has dicho que enceguecíste cuando ella hubo pasado; te equivocaste al decir: "¿Quién es?" y no "¿Quiénes son?" (Las monjas, las alumnas). Ya la habías discriminado. Yo diría que la intensa claridad del parque, la neblina y el sol de la tarde también anticipaban para ti la presencia de Alicia. ¿Te ríes?

El telón se corre y la escena está en sombra violeta. Giovanni cree que se va a fastidiar con ese número; se voltea, buscando a su madre. Cuando vuelve a mirar el escenario, ya la música está sonando; es la pieza de Tchaikovsky que tú has nombrado, Luis Alberto. Giovanni nunca había escuchado música similar: no la olvidará. Ahora hay luz rosa o azul. Los cuerpos de las bailarinas se pierden entre los árboles de un jardín; en él, Giovanni reconoce el parque por donde pasara antes. Después ingresa la solista: luz dorada, sonoridad de las arpas. Y esa muchacha es Alicia; blanca, feliz, ella baila. Parece sonreír, pero en verdad no lo hace: sólo muerde, nerviosa, un trocito de chicle. La felicidad de Giovanni hace conexiones entre la muchacha, la música y la sencillez del chicle. De pronto entiende las tres cosas. Una nueva emoción está en él.

¿Ves cómo alcanzo a seguir fielmente la línea de tu historia? Puedo contarla, Luis Alberto: puedo trasladarte al futuro o al pasado: poseo el lenguaje. Pero no sigamos narrando; sólo quiero que observes, no la imagen de Alicia ni a Giovanni -tu doble-, sino a la estructura lírica con la cual los he rodeado: el parque, la música, el cambio de edad. Porque no me interesa escribir el relato de ese amor, Luis Alberto; quiero aprehender su atmósfera, los signos que lo anunciaban para la realidad y para el recuerdo.

1962.

Sósima

Acabo de recibirla.

Debí haber sido siempre especialmente amable con ella y sin embargo cada vez que volvimos a encontrarnos me invadió un vórtice de rechazo, quizá de odio.

Es pequeña, de piel algo oscura, bizca, desproporcionada, fea en un grado extraordinario. Fue traída a casa como ayudante en la cocina cuando yo tenía diez años. Desplegó hacia mí especial ternura, cuidados. Estoy seguro de que conoció los cambios de mi cuerpo y, algunas noches, mientras me bañaba desnudo en el río, ya en la pubertad, me secaba, me abrazaba, me besaba.

Fuerte debe haber sido aquel vínculo de ella hacia mí. ¿Tenía apenas dos años más que yo o era mucho mayor? Pasados cincuenta años de eso, puedo imaginar a la figura menuda e irregular fascinada por el adolescente de ojos claros y piel radiante. Si para el niño aquella mujer era como un juguete más, él en cambio debió convertirse para ella en un centro hipnótico de sensualidad, de alegría, de inocencia y de enigmáticas conductas.

Una baraja de pequeños acontecimientos rodeaba su relación: el chico despertaba muy temprano y salía en bicicleta por el estrecho camino hacia la escuela; había tomado un desayuno conciso: leche y arepa, café. Las horas del mediodía -baño prolongado entre las olas- se pierden en giros de encandilamiento. Ella siempre estaba atenta, cuidándolo y complaciéndolo más de lo que se requería.

Por las noches él desaparecía en el grupo de los juegos con sus compañeros. Pero durante algunas ocasiones, sudoroso, agotado por las carreras, decidía bañarse a la orilla del río. Y ella, que había vigilado sus pasos, estaba entonces cerca, esperando para cubrir y adorar su desnudez.

Tal vez cuando él alcanzaba los trece años, la muchacha se casó. El tuvo la violenta certeza de su ausencia y quizá un raro sentimiento de pérdida, no de celos.

El liceo, nuevos amigos, un cambio de residencia, mil detalles absorbieron su vida. Cuando volvió a recordarla habían pasado cincuenta años.

Era un hombre maduro, profesional exitoso y poco sociable. Se dedicaba a negocios de construcción. Se ufanaba de sus escasos y selectos amigos. Divorciado tres veces, tomaba con naturalidad esos saltos o abismos de las separaciones. Le encantaba un nuevo posible amor, efímero.

Fue durante unas vacaciones: había regresado al pueblo y sentado a la puerta en la cálida casa de su sobrina gustaba de esa costumbre provinciana, que defendía cada tarde. Sin saber cómo la tuvo de repente frente a sí: sin darle importancia todos habían visto acercarse por la calle de bombillos parpadeantes aquella figura irregular.

Menuda, mal vestida (aunque el traje era obviamente nuevo), humilde y feísima como siempre. El tiempo no la había tocado, lo cual añadía un horror de infancia a su expresión estrábica.

Mis familiares la trataron con deferencia, aunque tal vez estaban secretamente asombrados por aquella presencia, desconocida para ellos. Por gentileza, los jóvenes conversaron largo rato conmigo y con ella sobre nuestras épocas pasadas. Ella sólo empleaba monosílabos.

Como yo debía descansar en esa casa de mi sobrina, el asombro aumentó cuando avanzada la noche la mujer pidió quedarse a dormir allí. Mi sobrina arregló las cosas y le preparó una habitación cerca del jardincito.

Me acosté perturbado por aquella visita, cuyo sentido no lograba definir. Nada sabía de ella, aunque mencionó sus oficios en un trabajo modesto, en una ciudad cercana.

La mujer había traído su remoto olor a tierra, a brozas húmedas del invierno. No desagradable sino extraño. De repente olvidé todo -su presencia actual, su pasado- y debo haber dormido profundamente.

Cuando desperté, estrujado por sus movimientos, el olor y su lenguaje balbuceante, la mujer estaba sobre mí. Me besaba en la boca, me apretaba contra ella, susurrando un raro canto.

La aparté con violencia, en medio de un impulso de asco, de terror. Como si la figura hubiera surgido del sueño y pesara mucho. Ella se apartó por unos minutos y volvió en seguida sobre mí. Su fuerza era grande. La levanté, la sostuve en el aire y salí de la habitación.

Una lámpara encendida en el pasillo me tranquilizó. Fui a la ventana de la calle. El reloj de la iglesia marcó las tres. No quise regresar a mi cuarto ni volver a verla. Vestido como estaba -shorts y franela- tomé la llave de mi auto, colocada sobre una mesita de la sala, y salí a la calle.

Supe después que me había esperado todo el día. Se fue al atardecer. Expliqué por teléfono que había decidido muy temprano dar un largo paseo por las zonas de mi antigua casa. Nadie supo lo ocurrido.

Dos años después volví a casa de mi sobrina. Y un mediodía, estando en la puerta, la vi venir a lo lejos. Dominado por una irritación, por el desconsuelo, por cierta rabia, me escondí y pedí que no la dejaran entrar.

Y ahora, que soy un hombre viejo, de casi ochenta años, retirado de todo lo que antes me apasionó; ahora que he regresado definitivamente a la casa donde nací, casa que por cambios urbanos queda en una calle amplia, cuando antes era parte de un bosque, del camino y del río; ahora me digo de vez en cuando alguno de los proverbios de Salomón que se ajusta a mi serenidad: "El justo es el que es librado hasta de la angustia".

Mi sobrina, ya mujer madura y con varios hijos, aceptó con dificultad esta decisión. Pero entendió con dulzura que me gusta la soledad de los finales.

El conjunto de los proverbios me decepciona cuando a veces los releo, pero paradójicamente siempre encuentro en sus trazos alguna frase que me sacude. Como la anterior, que define mi estado de alma libre.

En eso pensaba hoy justo al mediodía cuando alguien tocó la puerta y poco después la graciosa muchacha que me acompaña trajo hasta mí la silueta de Sósima. Nada costó reconocerla: estaba idéntica. Quizá con arrugas más marcadas, pero firme.

Innumerables circuitos de mi existencia se movieron al verla. De manera casi automática tuve el impulso de echarla, de esconderme, incómodo.

Pero mi cara, mis manos, mis pies procedieron solos: fui hacia ella y la abracé, le pedí sentarse conmigo en la sala. Le ofrecí refrescos, café. Aceptó un poco de agua.

Después retuve su mano en la mía, sonreí. Le pregunté por sus hijos o sus nietos. Dijo que trabajaba en el mismo negocito de siempre, en la ciudad vecina. Había tenido noticias de mi regreso y quiso verme. Sentí cómo a mis ojos acudían el brillo y el entusiasmo de la juventud. Dije algo divertido. Reímos. Sus ojos me seguían.

Entonces habló largamente. Sus palabras eran un tejido de cosas simples, de hechos insignificantes que avanzaban como una red misteriosa.

Nada memorable ni destacado. Una arena desapercibida en los minutos, en los días y los años. Ni siquiera estoy seguro de haber comprendido lo que decía, tan obvio, tan deshilachado. Pero ella continuaba en voz baja, levantando ahora de vez en cuando la mirada bifurcada, como si alguno de sus ojos quisiera asegurarse de mi presencia o de mi aburrimiento. Sin embargo, no me fastidiaba: el encanto de su eco (por momentos sentí que no hablaba ella sino que repetía dichos de alguien lejano o míos) me impelía a aceptar o a creer que toda una vida pasada había sido diferente: ¿sensatamente inútil como aquellas palabras?

Tuve por momentos la intuición de que a medida que hablábamos también se borraban nuestras existencias, usurpadas por aquellos detalles nimios.

Cuando la muchacha vino a anunciar la cena, me sorprendió el tiempo cómplice que habíamos gastado, charlando. Y entonces ella se despidió. ¿Pude reconocer una sensación de gratitud, de suave desprendimiento nunca antes conocido?

Delta del Orinoco, dic. 2002- enero 2003.

La fiel ferocidad

A Digmar Jiménez

1

—¿...?
—Sería necesario haber estado en él desde antes de su nacimiento, para saber cómo ocurrió. Nadie puede responder eso, ni él. Pero usted y yo sabemos que logró su finalidad. Quizá, como ocurre a cada quien, tuvo las disyuntivas aún sin conciencia de ellas. En millones de aspectos todos somos idénticos, pero el vertiginoso e insignificante filo de una diferencia puede marcar.

Usted ha visto su nariz, creo que ella determina la gracia del rostro; sin ella sería una cara más, porque no hay nada especial en sus ojos ni en su estatura. Que conserve el pelo y todos los dientes pudiera parecer poco común, pero tampoco vivimos en un país de calvos o desdentados. Su nariz tiene algo de infantil, entre asomada y discreta, lo anuncia agradablemente. Pero tal vez esa nariz nada tiene que ver con nuestro tema; la menciono para destacar lo que puede ser una diferencia inadvertida.

¿Era extraña una infancia en los suburbios de la ciudad? Si usted piensa que para entonces los barrios más alejados eran dignos, decentes, como se suele decir, supongo que no. Y sin embargo, ese lugar debe haber sido determinante. Los padres y abuelos pudieron influir también: no para que los imitara sino para -y otra vez la palabrita- diferenciarse de ellos.

Fue el último de tres hermanos varones. La mamá decidió que sería su último hijo y acudió al médico con esa solicitud. La complacieron. De allí pudiera surgir un primer elemento: común, practicado por casi todos tanto ayer como hoy; algo que en millones de personas pasa desapercibido, pero que en su caso pudo adquirir relevancia. Se va a sorprender: una verdadera tontería: la celebración de su cumpleaños. Los niños habían nacido cada dos años y a todos les picaron su torta respectiva. Pero madre y padre -¡un último descendiente!- convirtieron los cumpleaños de este chico en algo distinto. No se ría, tampoco nada espectacular; carecían de grandes recursos que malgastar. Pero la piñata, el equipo de música, el ron y las cervezas, un buen sancocho, nunca faltaron. La satisfacción de la madre se convertía en un hito social; algunos vecinos aportaban también cosas para comer y beber. Él no recuerda regalos; la pequeña fiesta pública lo era todo. Y si usted se da cuenta de que desde su nacimiento hasta, creo, los nueve años, un hecho anodino se convertía en círculo, en tensión, en celebración totalmente personal, allí pudiéramos notar una de las disyuntivas.

Porque, de repente, al año siguiente pidió con antelación a su mamá que no hubiera fiesta. Los padres también podían haberse cansado de aquello. Aceptaron riéndose. Me gusta creer que en esa mínima secuencia hay uno de los filos de que le hablé: el niño había sido convertido en centro festivo. Eso lo destacaba en el barrio, no por la reunión en sí misma sino por la continuidad. Y de pronto, quizá por primera vez, él elige: se independiza de aquella alegría, que compartía con plenitud. Rechaza, por desapercibido que sea, lo que realza su presencia. Quiere sumirse en otra forma de lo común. Había nacido bajo un simple lazo social. Él lo interrumpe.

2

—Me parece interesante, pero dudoso. ¿Cómo podía llegar a su manera de comportarse -a su manera de comprender- partiendo casi mecánicamente desde ese barrio?

—Solía aludir a su entorno inicial como si hubiese recibido un regalo de los dioses. Aunque vivió en otros lugares del país y de la ciudad, volvió cada tantos años a la misma casita del barrio. En su ausencia la cuidaba alguno de sus sobrinos. ¿Ha estado usted allí? Veo que no: hoy existen alrededor de los cerros grandes circuitos de edificios: construcciones de veinte pisos o más, sin espacios entre ellos, apeñuscados, descoloridos o con tonos chillones, verdaderas prisiones de pocos metros. Son pantallas inmensas que impiden ver desde las autopistas, y hasta desde las callejuelas, al barrio.

Este creció antes: una mezcla de pequeñas casas con verdaderos ranchos, en los cerros. Escalinatas por todas partes, algunas interrumpidas; uno que otro árbol, monte. Puedes ver o escuchar a los gallos. Un perro te sigue, un gato huye. En sus tiempos la basura era controlada por los mismos habitantes.

Eso sí, dentro de una habitación coincide alguna moto esperolada con gruesos sofás de cuero; equipos de sonidos, fotos de niños, una reproducción de bordes quemados y dorados que luce a la Monna Lisa, crucifijos, amplios colchones sobre jergones, un chinchorro. Bicicletas, una en especial.

La gente arregla allí mismo sus viejos autos, baila, celebra, se casa, juega dominó o volley ball. Existe una que otra bodega y la cerveza o el ron suben en bolsas desde abajo a hogares específicos. En la actualidad el barrio no escapa de la droga, pero sigue imponiéndose un aire de familia, de discreción. Ha habido muertes violentas, claro, sobre todo por personas que llegan desde otros lugares.

A Sándor nunca le gustó su nombre; parece que el papá lo tomó del de un asteroide o de una revista con horóscopos. Más tarde supo que ese nombre debía ser húngaro y para entonces sabía mucho del Danubio, de la región de Transdanubia, y quedó encantado.

Aunque ahora es más delgado, fue un tipo fuerte, atlético, con muslos de corredor, pelo negro ensortijado, cejas nutridas, algo revueltas y un buen bigote, que se quitaba por temporadas. Un chico del barrio, como todos. Aunque tenía más éxito con las muchachas que sus hermanos, él guardaba eso como un secreto. Usted no lo sabe, pero quienes lo hemos recibido a lo largo de sus andanzas, podemos dar fe de su identificación con este barrio, con todos nosotros. Por pura paradoja, casi no existen fotos de él, pero tengo una de su juventud, donde podría ver la gracia de la nariz y la mirada fija. Allí está vestido con jeans, pantalón y chaqueta negros.

Yo estudié con él desde la primaria; no crea usted: había muchachos que estudiaban. Y no sé cómo al entrar al liceo alguien del Centro de Estudiantes le encargó las fotos para un periódico mural. Le prestaron la camarita digital. Puede decirse que así empezó todo. Poco después mi papá me llevó a descargar periódicos en la zona del Panteón. Y él también quiso trabajar. Pero alguien lo vio con la cámara y, tal vez en broma, lo invitó a subir a las oficinas. Cuando nos dimos cuenta, estaba trabajando de noche, arriba. No recuerdo qué hacía. Pero ya no se despegaría nunca más de la cámara. Y entonces hizo las primeras fotos de nuestro barrio.

Tal vez desde la época de sus cumpleaños públicos, Sándor ya tenía algo enigmático. ¿Lo presentía él mismo? Un chico como todos nosotros, sólo diferente porque, cargada o descargada, la nueva cámara, que terminó siendo suya, parecía parte de su ropa.

Que él mismo le haya sugerido a usted hablar conmigo antes de comenzar las entrevistas de ustedes, no deja de ser irónico. Estoy seguro de que mi esposa podría indicarle cosas más interesantes. Pocos lo saben, pero ella fue la primera mujer de Sándor. Una prolongada relación juvenil. Ambos la amábamos; pero quien terminó casándose con ella fui yo. Y la amistad nuestra nunca se resintió. Un rasgo típico de Sándor. Puede ser duro, crítico hacia alguien, emitir opiniones profesionales intolerables, pero no sabe guardar rencor. Ignora cómo vengarse o dañar. Practica una forma muy especial de indiferencia: quien no le gusta deja de interesarle. Deja de existir para él. Generalizando, ¿no es eso lo que hizo desde hace siete años? ¿No es esa la razón por la cual usted ha venido a verme?

Sí, siguió cursos de educación superior. En administración, creo. Sostuvo a sus padres después de que los otros hermanos se alejaran del barrio. Pero no ejerció otros oficios; la fama fue súbita y sostenida. Y de esos años juveniles Gloria, mi mujer, recuerda algo muy especial: los cuadernos de notas que Sándor llevó siempre. Algunos de ellos están todavía en sus manos. Él no los reclamó.

Si usted ha venido a verme a esta clínica es porque también pueden haberle informado que fui su gran amigo, y que conozco los detalles de su vida. Verdad a medias. El puede ser una incógnita hasta para sí mismo. Y en las notas que le mencionaba tal vez asome el filo del cual le hablé antes. Tenga claro que mi relación con él siempre fue la del amigo, no fui ni soy su médico; la salud ha sido otro de sus privilegios.

Y en esos cuadernos que mi mujer guardó por años, pero de los cuales hablamos a medida que la fama de Sándor crecía, ella reconocía el sello de una inmensa soledad. ¿Cómo era posible que aquel hombre joven, guapo, exitoso, se clasificara en sus anotaciones como de incomunicable, en lo personal? Pero, y Gloria exponía esto con especial delicadeza, no se trataba de una caprichosa sensación de soledad o de un culto frívolo a la imagen del seductor aislado. No, según ella, era una rara impresión de condena, de no tener esperanza.

A mí nunca me habló de suicidio; pero durante alguno de sus ruidosos cumpleaños, vi a aquel niño acercarse peligrosamente al borde del cerro, al farallón que se recorta sobre la autopista. ¿Huía de algo? Éramos muchachitos y me acerqué a él, sin pensar en nada grave. Con los años y las conversaciones de Gloria repasé el incidente y comencé a creer que significaba otra cosa. No la muerte, pero sí la decisión casi voluntaria de no pertenecer a ningún grupo, a ninguna célula social. Esto pudiera parece contradictorio con su amabilidad, su solidaridad, su apoyo a la familia. Pero tal vez todo eso no fue sino una forma civilizada de la indiferencia.

3

—¿Había una bicicleta especial?
—Veo que usted no pierde detalle. Sí, la del propio Sándor. Andar en bicicleta por las estrechísimas y cortas callejuelas del barrio era un peligro; más aun bajar con ella a las vías principales. Pero él amaba ese regalo (tal vez el último de su infancia) y le adaptó detalles año tras año. Estoy seguro de que nunca prescindirá de una de ellas. Era una pasión personal, pero apenas entró al periódico comenzó a citar a Einstein y decía que el sabio andaba en bicicleta. Se lucía con aquello de que "la alegría de ver y entender es el don más perfecto" o algo así, si mal no recuerdo. Claro, la frase también tenía que ver con su oficio... o su arte.

¿El triunfo temprano? El premio de una gran publicación extranjera, pero que en verdad formaba parte de una rápida sucesión de éxitos domésticos menores. Mucho antes, de la pequeña sala común pasó a otra especial en el periódico. Mi hermano y yo íbamos a verlo allí por momentos, con orgullo. Se debía a que sus fotos fueron apareciendo con mayor frecuencia en el diario. No para ilustrar una noticia, un accidente, sino en las páginas más selectas. Nosotros, acostumbrados a verlas, no encontrábamos nada raro, pero los jefes de sección sí. Creo que se trataba, en principio, de una gran limpidez, de una colocación del ojo que daba relieves al objeto (una calle, un grupo)

Ahora puedo pensar que nadie había intentado y logrado algo como lo que hizo Sándor: observar, reflejar, interpretar al barrio desde adentro. Nada de la vida colectiva escapó de su ojo; pero es que esa mirada suya era la más íntima del barrio mismo. Sólo él podía destacar un detalle con naturalidad, un rostro, una conducta que a nadie más se ofrecerían. Lo grande estuvo en que, al fotografiar, él era ajeno y auscultaba; pero sólo él podía hacerlo así, porque estaba adentro. Fueron años entre su adolescencia y su juventud: el inicio del tránsito por el infierno y la maravilla, como dice mi esposa.

Luego vino la tumultuosa manifestación política, la represión del gobierno, las decenas de muertos y desaparecidos. Y su foto exacta, reveladora. La envolvió el escándalo nacional, de defensores y acusadores. Técnicamente era impecable, pero parecía algo intervenido. En el fondo, una típica foto suya: gente en movimiento, como en el barrio; rostros cotidianos, pero violentos, amenazadores o aterrorizados. Y la multitud indefensa ante los que disparaban.

Esa foto sirvió para convertirlo en *alguien*. Como cuando un científico hace su primer invento o un novelista su primer éxito. Le llegaron ofertas de trabajo, aceptó algunas; colaboró siempre con el popular periódico que lo había lanzado, pero recorrió revistas serias, publicaciones mundiales. Su tema, el barrio, nosotros, fue modulándose de lugar en lugar y de ciudad en ciudad.

Todo esto debe conocerlo mejor usted que yo. Porque no se trata de un simple fotógrafo; he visto libros donde se reconoce que hay en Sándor una percepción como pocas. No solamente sabe ver lo que nadie más, sino que en sus imágenes lo cotidiano sigue viviente, como en acción.

Ya le dije que hubiera sido más provechoso conversar con Gloria, mi esposa. A esta edad nuestra no me importa decirle que si yo lo admiro como creador y como compañero, mi mujer debe seguir apreciándolo con una forma muy especial de amor.

De algún modo él ha vivido sólo para su arte; eso también explicaría por qué en último caso Gloria me pertenece. Se consagró a aquéllo como si no existiera nada más en el mundo, verdadera paradoja porque su obra, como la de un narrador, sólo habla sobre el mundo. El mundo visto por un hombre, ambos en este caso son la realidad única.

Y sin embargo, usted lo sabe, ha venido por ese motivo, Sándor se cerró a toda comunicación desde hace siete años. Una sombra en el escenario cultural de la ciudad; la ausencia física de quien ha establecido una obra original y poderosa. Otra vez: una paradoja para este país que casi nunca cuida la vida de los artistas.

Sándor volvió la espalda a su destino de creador, quizá no a su obra. En algunas de sus escasas e incisivas declaraciones afirmó que el arte es más importante que la vida. Puede tener razón, pero la vida somos nosotros, y él dentro de eso.

4

—¿Infierno y maravilla, dijo usted?

—Tal vez sea un lugar común, ¿no cree? Así podría definirse el trabajo de cualquier creador, hasta la creación cotidiana de un simple médico. Pero en el caso de Sándor, digamos que la ejecución o la presencia de su fotografía sirve para plenar la segunda palabra. Por razones técnicas que no soy capaz de explicarle -y que usted debe penetrar con mayor autoridad- sus fotos son esa maravilla tan reconocida.

El ambiente, esencial para comprender sus imágenes, se disuelve dentro de ellas. Y sin embargo, pudiera reconstruirse toda una parte de la ciudad con los detalles mostrados por él. Una escalera, una ventana, techos, pasillos, habitaciones, bordes de aceras, marcan lo inmediato; tras ellos, un ángulo, una espiral: efectos de luz y sombra que el espectador no advierte. Tan significativas son las escenas mostradas como el raro sostén lineal y espacial que las construye. ¿Me explico? Algo que parece imposible, porque Sándor no arregla las casas y las calles del barrio, de ningún barrio: nadie podría hacerlo, no se trata de una escenografía. El revela esos arreglos con un impulso privilegiado. Cuando recibe críticas de exigentes analistas, cuando otros grandes fotógrafos conocen su trabajo, creo que saben abarcar ambas dimensiones. O privilegiar una de ellas. Tal vez en este primer sentido pueda hablarse de maravilla. Cada toma de Sándor es una obra maestra: reescribe (no sé cómo pudo aprenderlo) la historia del enfoque, del encuadre; descubre matices de grises imperceptibles, hace que lo real adquiera un ritmo dirigido. Sorprendente. Y la factura, variada, inagotable, se vuelve como un lenguaje nuevo, aunque pertenezca a todos los fotógrafos anteriores a él. Concebida como una experiencia formal, su obra se vuelve feroz: asimila o trueca cuanto le precede; realiza una manera única de escritura visual; anuncia lo que otro creador retomará, sin poder prescindir de él. Su mirada es una implacable y feroz forma de lo absoluto; junto a él lo demás será siempre un complemento.

A esto podríamos llamar una búsqueda iluminada, infernal por su particularidad. Una maravilla de la creación, siempre ascendente.

Pero quizá lo que interesa a mucha gente (ya usted me dirá si es ese el aspecto que lo ha traído hasta aquí) es la parte visible de lo anterior: las imágenes concretas que lectores de prensa y revistas selectas, que las novísimas pantallas hacen circular, que los estudiosos del arte fotográfico, que las galerías exquisitas buscaron y buscan con curiosidad, con deleite, con temor, con admiración. Lo que Sándor retrató en el barrio, dentro del barrio y de sí mismo; aquello que quizá sea un complejo de signos culturales, míticos, eróticos y políticos de una sociedad, de una ciudad como las nuestras. El tejido violento de la gentileza y la solidaridad, la ternura del vicio y la traición, la confluencia entre ética y amoralidad, la unión perfecta de la política y el mal, el uso generalizado de la inocencia, la mudez y la caída, lo que se dice ciegamente.

Maravilla en los años vividos por Sándor dentro del barrio, en sus frecuentes regresos, en su identificación corporal con lo que allí ocurre. En su capacidad de aceptar todo.

¿Recuerda usted las fotos de la fiesta, los rostros frescos y alegres? ¿Su metamorfosis con el paso de la noche y el licor? ¿Recuerda la foto de los escalones solitarios, ensangrentados? ¿La del hombre sentado sobre una pequeñísima capilla: está allí por casualidad, ora y protege al pequeño sepulcro, caga? ¿La de aquella anciana vestida de nazareno? ¿La del líder político, que quiere parecerse a todos? ¿La del hombre desnudo que se baña en la regadera pública? ¿La de los gallos sin cabeza?

Aquí, guardado en mi escritorio tengo uno de los discos que le han dedicado. Permítame llevarlo a la pantalla. Vea usted: en estas imágenes los niños y los adolescentes son algunos de los hombres que más tarde reparan un auto, juegan o duermen. Sándor los siguió por largos años. Y esa misma sombra, al lado de ellos, es el padre ausente, extraviado, irresponsablemente perdido. Un crítico aludía, por esto, al estilo de nuestra dislocada política: la población busca siempre a un jefe, a un sustituto paterno: y el líder y la colectividad no superan lo pueril.

En esta otra, las púberes embarazadas y abandonadas. Esa curva del seno que apenas ha crecido, junto al abdomen que se hincha. Una infancia interrumpida para siempre o sórdidamente continuada en el chico por nacer. Un hecho cotidiano entre nosotros. Pero recuerde asimismo cómo la Rickshaw, dentro de sus ensayos, adelanta en esta imagen el trazo de Kubrick.

Vea aquí cómo las casas siguen siendo idénticas a través de las décadas. La Monna Lisa sustituida por inmensos peluches o por revolucionarias pantallas de video. Y el colchón es casi el mismo.

En ésta un hijo regresa a casa, descubre que su tío ha asesinado al hermano, su padre, que convive inmediatamente con su madre, y ese hijo realiza una venganza implacable. ¿Era tan noble el padre que convierte al hijo en asesino? ¿O al buen padre hay que defenderlo más allá de su propia muerte?

Y aquí, el eterno político, a veces nacido en un barrio, que ofrece honradez y bienestar: los pasos iniciales que lo llevarán a vivir como un rey, a engañar y destruir vidas; a creerse superior. Política: la inutilidad entronizada tras la máscara del poder.

Vea ahora esta imagen y ésta. Qué contraste. No comentaré nada.

Sándor no sólo recoge la huella trágica sino también el humor, especialmente la risa, y la festividad.

Pero perdone, no quiero aburrirlo; me he extendido mucho. ¿Concluimos la entrevista? Espero haberle sido útil. Si hablé demasiado es porque de algún modo, creo, sustituyo a Sándor. Ya que él pidió que la conversación fuera conmigo... Pero, como habrá usted notado, y algunos libros así lo sugieren, la obra de Sándor, aunque se ciñe a nuestro barrio y a casi todas las zonas pobres del país, bien puede ser comprendida como una elipse: en estas imágenes aparece al desnudo lo que otros niveles sociales adornan o esconden.

5

—Al contrario, perdone usted. Le he quitado tiempo. ¿Y su retiro, su abandono a los predios culturales, ese viejo objetivo suyo, según usted?

—Le dije al comienzo que no tengo respuesta, y que quizá él tampoco sabría dar razones exactas. Lo que voy a decirle puede ser dañino para mi amigo; lo he discutido con Gloria y ella ha estado de acuerdo a medias.

Tal vez Sándor se inclinó a crear para convertir en reflejo cuanto lo rodea. Un raro grado de la fantasía. Esa necesidad de expresión lo cautivó y lo sostuvo para siempre. O un raro grado de inocencia.

No creo que se haya decepcionado de las obras de arte, incluidas las suyas. Tal vez sí de los hacedores. Casi nunca son paralelos. Y él lo descubrió, así como descifró en sus fiestas infantiles algo no perceptible por nosotros, sus compañeros. Aún me parece oírlo repetir la frase de su sabio: "hay dos cosas que son infinitas: el universo y la estupidez humana".

Tal vez no tenga fe en los otros creadores, pero sí en el arte. Una irresoluble paradoja. Tal vez viva sin esperanza y para una cultivada, implacable, insustituible soledad. No bajo la figura del ermitaño, sino dentro de la conducta del hombre común, afectuoso y gentil. Lo cual convierte a su voluntario apartamiento en un especial modo de suficiencia, de debilidad y derrota, de serena indiferencia.

No, nunca dejó de trabajar. Sigue haciéndolo en su retiro, con la calma que nos da nuestra edad. Aunque nos vemos con alguna regularidad, tampoco hemos hablado de esto; lo que le transmito son conjeturas mías y de Gloria. Tal vez Sándor sólo sea un tipo conforme con lo que pudo crear, indiferente al destino de esa obra. Adepto al credo de que el arte se resume en lo que cada creador logra expresar. Que el artista no pertenece a una hermandad estética; que está siempre en el abismo, dentro de su orgullo y su soledad; seguro de que su labor complace o perturba a algunos otros seres humanos, a una sociedad entera, pero que él no debe cuidar ni vigilar esos vínculos. Son materia misma de la obra. Y que, realizada ésta, él debe anularse en el silencio, desaparecer, para que ella brote con su valor y su riqueza, con su independencia total. O para que se borre en el fracaso o lo intrascendente.

Lluviana, 28-30 de septiembre, 2005.

La espiral, la pasión

vergehe die Welt
meiner jauchzenden Eil!

R.W.

1

La gaita y la salsa se turnaban y aunque el apartamento era muy espacioso el sonido golpeaba, tronando. Llegaban las vacaciones colectivas. Los más jóvenes del departamento casi lo obligaron a irse con ellos y por eso estaba en esta sala amplia, de infernal alegría. La verdad es que el motivo determinante para haber aceptado fue la proximidad del lugar con la Distribuidora. Tres cuadras caminando y la avenida de gran tráfico, edificios altos y fachadas estériles, quedaba borrada por estas aceras con árboles, casas pequeñas y edificios bajos, de ventanas iluminadas.

Javier, uno de los jóvenes técnicos, vivía aquí, con sus padres (emigrantes, muy mayores pero entusiastas y bebedores), y fue él, en medio del bullicio, quien le presentó a su hermano, odontólogo o algo así, y a la hermosísima Victoria.

No cabía un alma en aquella zarabanda y esto parecía aumentar la diversión, las risas, los gritos. Las cornetas al máximo también chirríaban por efecto de los bajos.

Andrés llegaba a los cincuenta años y se dijo que bebería poco, aunque desde mañana estaría libre por un mes y podía hacer lo que quisiera. Había gente de todas las edades, como si cada uno de los dueños hubiese invitado a sus amigos predilectos. Luego sabría que nada estaba planificado: algunas llamadas esa misma tarde y vecinos que acudieron espontáneamente formaban el enérgico conjunto; cosa que la familia lograba con frecuencia. También así fue convocada hoy Victoria.

Al comienzo, el hombre andaba recatado, pero la fascinante locura de la reunión minó su cautela. Comenzó a beber con rapidez y a probar pasapalos. Se sabía muy bien entrenado. Distinguió a diversas mujeres atractivas, posibles. Bailó o se apretujó entre las parejas con algunas de ellas. Al buscar caña en la cocina habló a gritos con la mamá del joven técnico, con éste y algún otro individuo. No volvió a recordar a Victoria (olvidó su nombre apenas se la presentaron) hasta muy tarde, en el furor del baile, cuando creyó advertir, con un parpadeo, que esta salía de uno de los baños o de una habitación con el hermano odontólogo.

Y desde ese instante la retuvo. Él, que baila muy poco, se transformó. Atrapó su cintura, la hizo girar, trataba de alejarla y acercar con rapidez. Sus piernas se quebraban con la salsa y estaba seguro de poseer una gracia irresistible. Ella reía, el movimiento la lanzaba contra él, a su pecho y sus brazos. El espacio mínimo facilitaba aquella soltura, que no era tal. Y su risa aprobaba lo que él hiciera. Su risa: un rasgo de plenitud, de confianza, de complicidad: aquellos labios abiertos y carnosos que de pronto se cierran en un mohín, como si lo que mostraran fuese un borde sexual, rosa y succionante. La verdad es que el cabello, de tonalidades de cobre, saltaba alrededor de su rostro o se adhería al leve sudor de la frente, y entonces los ojos, que buscaban la alegría de los otros, el ruido ajeno, se detenían por segundos en él y su brillo misterioso parecía esconder un llamado o algo melancólico. Pero esto fue apenas un destello de segundos. Después él volvería a quedar fijado a ese matiz de su mirada. Entretanto la fiesta aumentaba.

Sólo al amanecer Andrés volvió a recordar que las vacaciones habían llegado y no le importó quedarse dormido en uno de los sofás, alrededor del cual seguía circulando gente. Cuando lo llamaron a almorzar después de mediodía, Victoria estaba sentada al frente, tan fresca y sonriente como durante la noche.

Salieron juntos a la tranquila calle del sábado.

—Ese Renault es mío, puedo llevarte a donde vayas -ofreció ella.
—Te lo agradezco, no traje mi carro, y no vivo tan lejos.

Hablaron poco en el trayecto, él la orientó hacia su dirección. Y dos días después comenzaron a verse en ese apartamento.

Muerta su esposa, casados sus dos hijos, Andrés nunca quiso salir de su urbanización. Los hijos se burlaban de aquel edificio italianizado, según los emigrantes, sin ascensor; porque le encantaban las amplias escaleras, los ventanales desnudos y hasta los mascarones de la fachada.

Por lo menos dos amigas –una de la Distribuidora y otra de la antigua academia comercial- habían acompañado al hombre durante los últimos años. Quizá sospechaban de aquella alternancia, pero la aceptaban en paz. Tampoco eran tan jóvenes y él gozaba de sus atenciones y sus cuerpos con delicia. No lo asediaban, tenían sueldos adecuados, no dependían laboralmente de él. Todo fluía con naturalidad, aunque a veces les daba, de manera curiosa a la vez, por caer en estados de tristeza o depresión. Él escuchaba sus historias familiares, lo de algún divorcio, un disgusto. Se sentían complacidas, calmadas. Desaparecían hasta que una mutua llamada o un encuentro en la empresa los hiciera reanudar las citas. Cada una le celebró los cincuenta años a su manera. Su gran amigo, el gerente de la empresa que conocía el asunto, decía envidiar su buena suerte.

Victoria lucía el encanto de una vieja dama ("como mi mamá" aceptaba ella); el movimiento distinguido de sus manos, sus palabras en inglés o italiano, pero también la improvisación, la disponibilidad, la libertad de su juventud maravillosa. Tenía veintidós y estaba culminando una seria carrera en la universidad. El tiempo parecía sobrarle para estudiar, atender a su padre enfermo, ver mucha gente, nadar en la piscina, viajar a Europa, venir o desaparecer. Andrés no advirtió como pasaba de la perplejidad ante su conducta a la tranquila aceptación. No venía ella de una familia rica, pero le traía obsequios con insistente frecuencia: una corbata, licores, comidas. Era fina cocinando; y le gustaba discutir cada punto de vista sobre los sucesos -políticos, sociológicos- siempre con dulzura convincente. Parecía hecha de realidad inacabable.

Cuando notó el número de mensajes que le dejaran sus dos anteriores amigas, comprendió que Victoria había invadido su vida. La alejó un poco y volvió a ellas. ¿Cómo era este amor? ¿Un hombre mayor enredado con aquella muchacha deseable e insaciable?

Verla era soltar la ropa, entrar a un lenguaje inexplorado de caricias, amarse y acabar estremecido, volver a empezar, como si su cuerpo fuese el de un adolescente urgido igual al de ella. Ni por un instante tuvo miedo de que fallaran su potencia y su fuerza, seguía vigoroso, sano. Además tampoco le importaría morir durante la posesión, le confesó riendo cierta tarde. Y ella respondió que eso nunca le sucedería. La edad de Andrés desaparecía a su contacto. Y la felicidad con ella no podía ser nombrada: nada exigía a cambio: ni futuro ni pasado, únicamente las largas horas de placer.

Durante un largo día de encierro y después de numerosos asaltos, sin embargo, ella murmuró con sus ojos enigmáticos:

—Cásate conmigo.

La acarició, sonrió. No podía contestar. Lo había pensado alguna vez, pero quería que siempre fuesen libres y unidos, perfectos. Con ella el mundo era una fruta madurando. Tuvo miedo de repente a aquella pasión incontrolable, al poder magnético de la muchacha, a su belleza. Creyó amarla tanto que no podía aceptar su idea.

Después de haberla encontrado se había convertido en un desconocido para sí mismo. Y esto no podría explicarlo a nadie, porque tampoco estaba consciente de ello. Victoria era la dicha completa, la vida abierta, lo que nos rodea.

Y entonces ella desapareció. Tampoco lo percibió en seguida sino cuando la necesidad obsesiva de verla se hizo punzante. Ella no volvió a llamar. Él fue a la zona de las colinas donde estaba su casa. Tocó el timbre. Volvió muchas veces y nadie atendió.

Cuando las semanas confirmaron su ausencia se atrevió a hablar con Javier, el compañero técnico que los había presentado.

—Mira, tampoco yo he vuelto a verla. Déjame preguntar, pero pudiera estar de viaje.

2

Hubo un largo dolor, posible de controlar con las amigas de siempre. También el vacío profundo dejado por aquella figura rítmica, de piel iluminada. Alguna vez se asomó a la calle de su primera noche. Distinguió de lejos al hermano odontólogo de Javier y se ocultó. Meses después el mismo Javier le confirmó que Victoria se había casado y vivía fuera del país. Le dio un número de teléfono para cuando ella regresara, pero nadie lo atendió durante meses.

Han pasado veinte años, no la olvidó; y en los últimos tiempos

Andrés sabe que ha cambiado. En parte por su edad y la jubilación, por la atención que sus hijos y nietos fingen no prestarle. Lo que le asombra es la continuidad de su salud: ojos, huesos, memoria. Han desaparecido sus amigos predilectos, también aquellas amantes suaves de la Distribuidora, que fueron sustituidas en su momento por alguna secretaria tierna y complaciente. No deja de asombrarle la potencia de sus erecciones nocturnas, en las cuales cifra imágenes, detalles de goces, libertad hacia su pasado, puesto que le permiten conjugar de manera distinta placeres olvidados o recónditos. Y celebra la invención de la pastilla azul. Pero reconoce su pérdida de agilidad, la pobreza de su anterior musculatura, un gusto muy especial por la soledad, que le permite enterarse de las noticias científicas, los desastres políticos y la fascinante modernización de su ciudad natal, en aislamiento o con sus dos mejores amigos. También practica las novedades informáticas, con las que se familiarizó desde los días de la Distribuidora. Medio piensa en el final. Con los hijos ha preparado sus papeles.

Un día le avisan que el antiguo gerente, verdadero amigo suyo, ha sido hospitalizado. Su nieto lo deja a las puertas de la modernísima clínica y cuando va a entrar en el ascensor alguien grita su nombre.

Se detiene, observa, y saliendo hacia él está un rostro conocido, que sonríe. Por instantes no puede reconocerlo: ha engordado, lleva una cierta barbita y pareciera que la piel se ha oscurecido: es el otrora joven técnico, Javier.

—¡Qué gusto verte, Andrés!

Se saludan con afecto: el hermano odontólogo está muy grave.

Y sólo entonces el hombre distingue, mirándolo con intensidad, intocado por el tiempo, cercado por el pelo abundante y oscuro, el rostro estremecedor de Victoria. Sonríe, grita él también, olvida al técnico y se abalanza hacia ella, mientras quienes entran al ascensor protestan. Se quedan fuera, inmóviles, durante una desconcertante eternidad para él. No advierte que ella ha permanecido rígida, ajena. Sin embargo, algo lo impulsa, vuelve a ser un muchacho feliz, aprieta la mano de ella y exige, como trastornado:

—Dime tu teléfono, por favor.

Saca el suyo y es Javier quien le dicta el de la mujer, mientras anuncia que están muy apurados, van en busca de un médico, de resultados o algo así. Se alejan mientras la gente lo empuja hacia el ascensor.

3

Un día después marcó el número y la voz gentil, con su timbre de adolescente, la voz de Victoria al reconocerlo sólo dijo:
—¿Por qué me llamas, qué quieres?
—Nada, a ti.
Ella cortó y de nuevo durante un año no volvió a atender.
Andrés estaba deslumbrado y herido por el encuentro. Su imaginación le traía la desbordante felicidad de haberla tenido, su fuego sexual, la delicia de su insistencia, su ingenua agudeza. La misteriosa belleza de sus ojos, los senos sólidos y el vientre de vello acariciable. Cuanto había quedado suspendido para siempre en su sensibilidad.
Por momentos recordó la reacción de ella por teléfono, con irritación, con rencor, con furia. Otros con admiración por su firmeza, su alejamiento, su vida propia. Y fue entonces cuando comenzó a notar con fuerza lo que él mismo había respondido, en la única llamada que Victoria atendiera ("Nada, a ti").
Diez meses después, en diciembre, al volver a marcar el número, ella no solo le respondió sino que, de manera natural, como antes, como mucho antes, aceptó verlo al día siguiente.
Andrés casi no durmió, ansioso, inseguro. Pero ella entró al viejo apartamento, nada preguntó, lo abrazó, se adhirió a él como si no notara la diferencia de sus años y comenzaron un beso dulcísimo, sabio. El hombre ardía porque el tiempo se había borrado, por la felicidad tan deseada y temida. Ella se estaba entregando como un don absoluto, diferente; y quiso desnudarse, concederle la increíble frescura de su cuerpo radiante. Andrés soltó la lengua sonrosada, bajó de los labios al pecho amado. Había caído en un delirio desconocido.
Y entonces levantó la cabeza, volvió a sus ojos, al rostro hermosísimo, a los labios, mientras la ajustaba a sí mismo. No habló, ella pareció sorprendida y vacilar un instante. Pero no se separaron. Era como si algo hubiera susurrado: "así para siempre": perfección de la dádiva implícita, momento ignorado de ellos y de todos, en que la concesión, la ternura, respira y envuelve, más adentro del espíritu, ambos un solo cuerpo ya materia hechizada.
Nadie como él para recordar, reconocer la energía sexual de Victoria, su deseo incontrolable. No complacerla de inmediato sería perderla. Pero no: hacerlo también significaría la desaparición -para él, para ambos-

de un grado ignorado de igualdad erótica, de fusión a través de la presencia física pura, anhelante, recóndita, posible, diferente a cualquier instancia de lo común. De ahora en adelante sólo la plenitud inexpresada o circulando. Eran como un mismo huracán tácito, aprisionado. ¿Lo comprendió Victoria? Sí. Ella tembló por un instante, luego se aquietó en sus brazos y únicamente el beso recomenzó, ahora infinito.

Píritu, 1989.

Prisa

Un hombre va retrasado a una urgente y decisiva reunión. Encuentra a un amigo:
 —¿Qué hago? ¿cómo puedo llegar a tiempo?
 —Vete de espaldas —responde el amigo.

1960.

Sobre los ejercicios narrativos de Balza

Uno de los cuentistas más sobresalientes de esta época no sólo de Venezuela sino de toda Hispanoamérica es José Balza, que ha cultivado tanto la novela como el cuento. "Dilución" es uno de los mejores cuentos hispanoamericanos del último medio siglo.

El tema del cuento es el enfrentamiento ciego entre los bandos políticos.

El título enigmático que enmascara el cuento "Dilución" también podría servir como título para el cuadro.

La intransigencia de los bandos políticos lleva a este país (Venezuela) y a cualquier otro por todo el mundo a la violencia… "Dilución" debe ser lectura obligatoria para todos.

Seymour Menton

"Uno" (un uno que somos todos) no es un texto excepcional en el extenso panorama de los "ejercicios narrativos". Su estilo resulta inconfundible: elaborada y sinuosa escritura que, como tantas otras veces, ha sido capaz de construir magistralmente un personaje cuya humanidad es parte misma de la naturaleza que lo rodea y embarga. Lazo indisoluble que sin embargo ahora propone una otra lectura demasiado inmediata para un país que languidece en medio del horror y la injusticia.

Silda Cordoliani

«Un escritor vive de lo que le ocurre a los otros», ha afirmado José Balza en más de una ocasión. Sus cuentos nos introducen en una multitud de psiques diferentes, para hacernos cómplices de sus inquietudes de infancia, descubrimientos adolescentes, impulsos homicidas, locuras heredadas, hechos heroicos, o del amor, ese «aprendizaje de lo fugaz». Hay una multiplicación impresionante de voces y posibilidades, y también lo que se ha estudiado en sus cuentos como una «multiplicidad psíquica», es decir (recurro de nuevo a Méndez Guédez), «la posibilidad o, más bien la necesidad, de que dentro de la apariencia unívoca de cada ser humano (...) coexistan múltiples y a veces contradictorias maneras de ser». Es una duplicidad que Balza sitúa en el interior de personajes como el que protagoniza «La sangre», o en el exterior, en el otro, en el doble intemporal que encontramos en el viaje psíquico de «La máscara feliz».

Ernesto Pérez Zúñiga

La noción de "ejercicio" acentúa el carácter provisional del texto: el relato culmina al ser *cerrado* por el lector. (…) Tal vez no es casual que el *Libro de las mutaciones* arroje una clave sobre la técnica de Balza. En el *I Ching* el exagrama de la Modestia se transforma en la Fuerza Oculta, en el poder que no dice su nombre. Balza se ampara en la humildad de los "ejercicios", pero por obra de la lectura, su libro revela otra cara: "ejercicios" es el nombre secreto de "lecciones", y acaso la más importante sea la lectura que demandan.

Juan Villoro

Su poética de la narración contiene una filosofía de la escritura que indaga sobre las relaciones entre el hombre y el mundo, sobre ese espacio poético (el texto) que concilia y aúna el acontecer externo con la experiencia subjetiva. Esta subjetividad es para Balza, a fin de cuentas, el único espacio donde se recibe y procesa la realidad y la palabra, el hecho verbal será el único soporte donde se organiza la memoria de la vivencia.

Belén Castro Morales

Balza no olvida, ciertamente, que narrar es comunicar y que la comunicación supone una constante atención al otro. Nada le resulta más ajeno desde un punto de vista enunciativo que la complacencia del narciso que sólo habla por el placer de escuchar su voz. Pero hay más. Dentro de esta literatura que sale al encuentro de su lector, el venezolano se sitúa, paralelamente, en las antípodas de tantos y tantos autores que escriben, digamos desde una tribuna (o desde un púlpito o una cátedra), autores que nos increpan en público y tratan de ganar, con avidez, nuestro aplauso y nuestra adhesión. Los cuentos de *ejercicios narrativos* crean una atmósfera o un clima muy distinto: su lenguaje es el de la confianza y su lugar de enunciación, el de una tamizada intimidad.

Gustavo Guerrero

Y es que el característico desarrollo introspectivo de los relatos de Balza ahonda no sólo en las aristas de sucesos y personajes sino también en las referencias metanarrativas, e incluso desembocan en el diseño simbólico de una imagen que condensa la intencionalidad buscada. Un caso muy evidente se nos ofrece en "Chicle de menta" donde el ambiente propicio está apoyado por la "neblina del crepúsculo", el "cristal verde del parque" y, más tarde, la aparición de la muchacha por "la luz dorada y las sonoridad de las arpas", imágenes y sensaciones que van construyendo una historia paralela.

Carmen Ruiz Barrionuevo

Autor de ejercicios, Balza ratifica con tan sobrio apelativo su permanente e incansable quehacer literario. Un quehacer definido por la búsqueda y la experimentación, alejado de las fórmulas manidas y de la retórica que las califica. No es ni puede ser un autor popular, y en su solitario desafío con las formas radica su compromiso con la escritura del porvenir.

R. H. Moreno Durán

Le tengo fe a Balza (…)…el lenguaje, de una gran belleza no sólo formal sino inventiva, en ese otro sentido que para mí al menos tiene el gran lenguaje de la creación, esas transgresiones fecundas, y esos bruscos hundimientos en las raíces de la psiquis.

Julio Cortázar

www.ingramcontent.com/pod-product-compliance
Ingram Content Group UK Ltd.
Pitfield, Milton Keynes, MK11 3LW, UK
UKHW041306180426
11947UKWH00009B/711